Einaudi Ragazzi

Storie e rime

431

Collana diretta da Orietta Fatucci

Titolo originale: *Heartland – Thicker Than Water*
Prima pubblicazione: 2002, Scholastic Children's Books,
marchio di Scholastic Ltd., Londra

ISBN 978-88-7926-892-9

www.edizioniel.com

Heartland

Lauren Brooke

Passi importanti

Tradotto da Gianna Masoero

Einaudi Ragazzi

Un grazie speciale
a Linda Chapman.

Per Elaine

Passi importanti

Capitolo primo

La puledra alzò la testa con uno scatto nervoso, i muscoli del suo esile corpo tesi e frementi; poi sbuffò e prese a roteare gli occhi.

– Calma, Rosie, – mormorò Amy Fleming, iniziando a massaggiarle delicatamente il collo con una mano, mentre con l'altra stringeva la cavezza.

Sentiva a malapena i rumori quotidiani della scuderia attorno ai box: i richiami degli stallieri, lo sbuffare dei cavalli, lo scalpitio degli zoccoli e l'andirivieni di qualche visitatore. Totalmente assorbita dalla puledra spaventata, la ragazza iniziò a tracciare dei piccoli cerchi con i polpastrelli, respirando con calma a ogni movimento.

– Attenta, Amy! – fece Lou, affacciandosi alla porta della scuderia con Sheri Hegland, la proprietaria di Rosie.

Avvertendo una nota di apprensione nella voce della sorella maggiore, Amy annuí, senza però staccare lo sguardo dalla puledra. – Va tutto bene, piccola, – sussurrò, – non ti faccio del male, sono qui per aiutarti.

– È cosí da quando l'ho comprata, – disse la signora Hegland, – si agita tutte le volte che cerco di metterle la cavezza. Se non riuscite a risolvere voi il problema, non so piú cosa fare.

– Faremo del nostro meglio, – la rassicurò Lou.

– Dev'essere bello aiutare i cavalli che hanno problemi o sono stati maltrattati, – aggiunse la donna. – Immagino che sia molto emozionante.

Amy sentí che la sorella si schiariva la voce, a disagio. – In effetti, non è che io abbia molto a che fare con i trattamenti. Per quelli ci sono Amy e Ty, il nostro aiutante. Io mi occupo solo della contabilità.

«Non direi proprio *solo*» pensò Amy. Heartland, il rifugio per cavalli fondato dalla madre delle due ragazze, non sarebbe potuto andare avanti senza qualcuno che si occupasse della parte amministrativa.

Vedendo che Rosie aveva abbassato la testa, leggermente piú rilassata, Amy spostò la mano verso le orecchie ma la cavalla si irrigidí di nuovo e cosí si accontentò di massaggiarle ancora il collo. Sembrava proprio che per arrivare a infilarle la cavezza ci sarebbe voluto un percorso lungo e tortuoso, ma per lei non era un problema: avrebbe aspettato tutto il tempo necessario.

Dopo una decina di minuti, arrivata finalmente alla nuca di Rosie, Amy sentí con le dita una lunga cicatrice all'esterno dell'orecchio sinistro. Da cosa era stata causata? Da un incidente? Da una persona?

Interrogò subito la proprietaria, che era ancora nella scuderia. – Sa da cosa può essere stata causata questa ferita?

– Non ne ho idea, – rispose la donna. – Non so molto della storia di Rosie. Ha tre anni e l'ho comprata a una fiera nel Maryland, ancora da domare. Chi me l'ha venduta mi ha detto che l'aveva addestrata solo a tenere la cavezza e che era tranquilla. Ma il giorno dopo, quando ho provato a infilargliela, è come impazzita: si è impennata e ha sbattuto la testa contro il muro divisorio del box.

– Hmm, – fece Amy pensierosa. Era sicura che la cicatrice sull'orecchio della cavalla avesse a che fare con il suo comportamento di fronte alla cavezza. La osservò con attenzione e, visto che teneva la testa bassa e sembrava abbastanza rilassata, decise di riprovare: tenendola stretta, le infilò la cavezza sul naso. Rosie alzò immediatamente la testa, ma era troppo tardi: la ragazza fece scivolare la testiera dietro le orecchie e l'allacciò.

– Shhh, brava, – le sussurrò per calmarla.

Rosie si mise a tremare ma, a poco a poco, sotto le sue carezze, si tranquillizzò.

– Brava, Amy, – fece Lou, sollevata.

– Adesso andrà tutto bene, – aggiunse subito la signora Hegland. – Ha qualche problema solo quando si infila la cavezza. Non me n'ero resa conto finché non l'ho portata a casa, perché alla fiera l'aveva già addosso e non avevo pensato di controllare se se la lasciava togliere e mettere. Se la tieni un attimo, vado a prenderle le fasce da viaggio.

Mentre la donna correva fuori dalla scuderia seguita da Lou, Amy si risistemò il fermaglio con cui aveva raccolto i capelli castani in una lunga coda e disse alla cavalla, grattandole affettuosamente il collo: – Abbiamo un bel po' di lavoro da fare con te, bella –. Per tutta risposta, Rosie sbuffò piano.

Lou intanto era rientrata nella scuderia e scuotendo il caschetto biondo commentò: – Ormai pensavo che non ce l'avresti fatta a metterle la cavezza. Hai avuto un sacco di pazienza.

Amy reagí al tono ammirato della sorella con un'alzata di spalle: – È solo questione di esperienza. Sono tutte cose che mi ha insegnato la mamma... – Lottò per un istante con le parole. – Prima di morire.

Erano passati ormai otto mesi dalla morte della madre in un incidente stradale. Il dolore, prima insopportabile, era leggermente diminuito, ma quel profondo senso di perdita non sarebbe mai scomparso.

Lou sospirò. – Vorrei essere brava con i cavalli almeno la metà di te.

C'era una nota malinconica nella sua voce e Amy la guardò sorpresa. Da quando si era trasferita da Manhattan a Heartland, Lou aveva sempre evitato di farsi coinvolgere nella cura dei cavalli, fatta eccezione per Sugarfoot, un piccolo pony delle Shetland che aveva aiutato. E quella era la prima volta che la sentiva parlare cosí.

– Ma potresti! – ribatté. – Devi solo passare piú tempo con loro. Se vuoi, posso insegnarti tutto quello che ho imparato dalla mamma.

– Davvero? – Per un istante Lou sembrò tentata. – Davvero potrei imparare a curarli come fai tu?

– Ma certo, – rispose Amy, immaginando di avere Lou ad aiutarla, proprio come un tempo aveva fatto lei con la madre. – Sarebbe fantastico! – Poi, vedendo un lampo di eccitazione nel suo sguardo, aggiunse: – Perché non provarci?

In quell'istante ricomparve Sheri. – Ecco le fasce per le gambe e la coda. Gliele metto?

L'arrivo della signora Hegland spezzò la magia dell'istante e il volto di Lou abbandonò l'espressione entusiasta per riprendere quella di sempre, fredda e controllata. – Grazie, Sheri, – rispose svelta. – Vado ad abbassare la rampa del trailer. Quando Rosie è pronta, portatela verso il parcheggio.

– Ma... Lou? – protestò Amy, vedendo che la sorella evitava di guardarla.

– Forse è meglio se continuo con quello che so fare meglio, – replicò lei con calma prima di uscire dalla scuderia.

Sheri la seguí con lo sguardo, poi chiese perplessa: – Scusate, ho forse interrotto qualcosa?

– No, no, – rispose Amy. Fissò anche lei per un istante Lou, poi tornò a occuparsi della cavalla. – Prepariamo Rosie –. E iniziò ad avvolgere la coda della puledra nella fascia protettiva, mentre Sheri si occupava delle gambe.

«Se solo Lou decidesse di aiutarmi a curare i cavalli, – pensava, – magari potremmo andare piú d'accordo. Potremmo perfino montare insieme...»

Ma cercò subito di allontanare l'idea: era poco probabile, dato che Lou non cavalcava da dodici anni.

Terminato il lavoro con le fasce, Amy diede una pacca su una coscia a Rosie e disse con un sorriso: – Okay, ora sembra pronta.

Il trailer di Heartland era nel grande parcheggio di Tall Oaks, la scuderia in cui alloggiava Rosie, che contava piú di settanta box e tre tondini di addestramento, ed era circondata da paddock a perdita d'occhio.

Rosie entrò tranquilla nel trailer: non aveva l'aria di essere una cavalla nervosa.

«Forse tranquilla e riservata, – pensò Amie, – ma nervosa no...»

– Stasera le diamo un colpo di telefono per raccontarle come è andata, – disse Lou alla proprietaria, mentre chiudevano i chiavistelli della rampa. – E naturalmente può venire a trovarla quando vuole!

– Grazie, – rispose Sheri. – Spero proprio che possiate fare qualcosa per aiutarla –. Aprí la porticina laterale del trailer e diede un'ultima pacca a Rosie. – Fai la brava, adesso, piccola.

La cavalla nitrí, poi Lou chiuse lo sportello. – Lascio qualche depliant di Heartland nell'ufficio. Magari troviamo qualche altro cliente, qui.

Amy annuí. L'idea dei depliant era stata della sorella, che li lasciava ovunque pensava potessero essere utili: negozi sportivi, sellerie, spacci di mangime e pensioni per cavalli come Tall Oaks. All'inizio Amy si era opposta al progetto ma in seguito, visto che erano arrivati dei nuovi clienti, si era ricreduta e alla fine aveva ammesso che quella dei depliant era stata una buona mossa. Anche la festa da ballo in fattoria per raccogliere fondi e la giornata «Porte aperte a Heartland» per pubblicizzare le tecniche con cui venivano curati i cavalli, sempre pensate da Lou, si erano rivelate un successo.

Non che le idee della sorella fossero sempre azzeccate, pensò Amy. Talvolta Lou era cosí ossessionata dai problemi economici che finiva con il dimenticare che Heartland era piú che un'impresa, era qualcosa che aveva a che fare con i cavalli, esseri viventi in carne e ossa.

Diede un'occhiata all'orologio. Ma quanto ci metteva Lou? Si mise a passeggiare per il cortile, poi superò il fienile e si avviò verso i tondini di addestramento. Nel primo c'era una ragazza di circa tredici anni dai lunghi capelli rossi, che trottava in sella a un pony arabo grigio-rosato. Il cavallo aveva l'aria tesa e mentre Amy si avvicinava rallentò fino a fermarsi, poi gettò indietro la testa e fece per lanciarsi verso il cancello.

La ragazzina però era una buona amazzone e, restando ben salda in sella, lo fermò.

Amy la riconobbe: era Jo-Ann Newhart, aveva qualche anno meno di lei e aveva frequentato la sua stessa scuola elementare. «Deve essere alle medie adesso» pensò, continuando a osservarla mentre obbligava il pony ad allontanarsi dal cancello.

– Attenta, tesoro! – la ammoní una giovane donna appoggiata alla staccionata. – Forse è meglio che lo riporti dentro. Non mi sembra tanto tranquillo...

– Va tutto bene, mamma, – rispose in fretta la ragazza. – Forza, Piuma! – esclamò, mentre il cavallo si fermava di nuovo. Aveva un buon assetto sulla sella, ma teneva le spalle curve ed era evidentemente tesa.

Continuando a guardare la madre, strinse le gambe per far avanzare il pony, che però scosse la testa e si mise ad arretrare, nonostante Jo-Ann continuasse a spronarlo e a schioccare la lingua. Vedendo che continuava ad arretrare, la ragazzina gli fece compiere una mezza volta e riuscí a fermarlo.

– Okay, basta, – gridò la madre innervosita. – Voglio che lo porti subito qui, Jo-Ann!

– No, – replicò lei con un tono quasi disperato e, preso il frustino, colpí il pony a una spalla. Amy notò che il cavallo abbassava i garretti e gridò, d'istinto: – Attenta! – Ma era troppo tardi: Piuma si era impennato.

La signora Newhart gridò, anche se la figlia, bene attaccata al collo del cavallo, era riuscita a rimanere in sella.

– Fallo girare in cerchio, Jo! – gridò Amy con tutte le sue forze, cercando di coprire le urla della donna; poi scavalcò il cancello, cercando disperatamente di afferrare le redini prima che il cavallo si impennasse di nuovo. Intanto Jo-Ann, seguendo il suo suggerimento, aveva portato il piú possibile il peso su di un fianco e stava facendo compiere a Piuma dei cerchi sempre piú stretti. Sbilanciato in quel modo, era impossibile che si impennasse di nuovo.

– Tutto bene? – le chiese Amy, afferrando le redini prima che il pony si ribellasse.

La ragazzina, terrea per lo spavento, annuí e rispose: – Va... tutto bene.

– Jo-Ann! Per favore! Adesso riporta subito dentro quell'animale!

Le due ragazze si voltarono: con un'espressione sconvolta, la signora Newhart stava cercando disperatamente di aprire il cancello per entrare nel tondino, senza riuscirci.

– È tutto a posto, mamma! – protestò la ragazzina.

– Fuori, Jo-Ann!

Con aria riluttante, Jo-Ann smontò di sella scivolando dal fianco di Piuma. Finalmente la donna riuscí ad aprire il cancello e si precipitò verso di lei. – Questa è l'ultima goccia, – disse con la voce rotta dall'emozione, – quel pony è pericoloso. Tuo zio non avrebbe mai dovuto comprartelo!

– Non è vero, mamma. È tutto a posto, – insisté Jo.

– Sí, per questa volta. E se ti succede di nuovo? – Scosse la testa. – Mi spiace, tesoro, ma dovrò liberarmene. Non posso permetterti di rischiare cosí.

– Ma mamma! – esclamò la ragazzina.

La signora Newhart fece per prendere le redini del pony, ma poi sembrò ripensarci e le lasciò alla figlia. D'un tratto, si accorse di Amy.

– Grazie per l'aiuto, – disse in fretta. – Puoi dare una mano a Jo-Ann e riportare Piuma nel suo box? Non penso che ci riesca da sola –. Evidentemente pensava che Amy lavorasse nella scuderia e lei non si preoccupò di correggerla.

– Ma certo, – rispose, guardando Jo con aria comprensiva.

– Non ho bisogno di aiuto, grazie, – ribatté con rabbia la ragazzina, poi afferrò le redini del pony e si incamminò decisa verso il cancello. Amy notò che aveva gli occhi azzurri velati di lacrime.

– Ti aspetto in macchina, – gridò la donna. – Ti do cinque minuti, chiaro?

Jo fece un leggero cenno con la testa e condusse il pony fuori dal tondino, seguita da Amy, che le chiese: – Ti senti bene?

La ragazzina si bloccò. – Se mi sento bene? – esclamò con rabbia. – Come faccio a sentirmi bene se la mamma vuole vendere Piuma? – Poi, con un'espressione piú dolce aggiunse: – Scusami, non volevo gridare. Non è colpa tua. È della mamma –. Inghiottí il nodo che le stringeva la gola e riprese a camminare.

Amy, che si sentiva terribilmente dispiaciuta per lei, cercò di consolarla: – Tua madre è solo preoccupata. I cavalli che si impennano sono pericolosi. Se Piuma ti cade addosso può spezzarti la schiena. Forse prenderne un altro è la cosa migliore, per il tuo bene.

– Tu non capisci, – rispose Jo, accarezzando la criniera del pony. – Non ne voglio un altro. La mamma non lo voleva fin dall'inizio, ma mio zio me lo ha comprato lo stesso, e adesso, dopo questo incidente, so già che non me ne lascerà prendere un altro! Odia i cavalli, li ha sempre odiati!

Amy la guardò scioccata.

– Non è giusto, – continuò Jo, conducendo il pony nella scuderia. – Piuma non è pericoloso. Voglio dire, ha le sue giornate no, di solito quando c'è la mamma a guardarci, ma si è impennato solo un paio di volte, prima di oggi –. Il pony strofinò la testa grigia contro il petto della ragazza e sbuffò felice.

Amy aggrottò la fronte. La madre le aveva sempre detto che si poteva analizzare la personalità di un cavallo osservandone il muso, e guardando quello di Piuma pensò che corrispondeva esattamente alla sua padrona, Jo: aveva grandi occhi allungati, a mandorla, segno di indole gentile e dolce. Il muso piatto tipico dell'arabo, le orecchie appuntite e il mento corrugato erano indice di una personalità estremamente sensibile e collaborativa. Di certo Piuma non sembrava un cavallo portato a opporre resistenza, testardo o cattivo. – Dici che si è impennato solo un paio di volte? – chiese a Jo.

La ragazzina annuí. – Sí, per la maggior parte del tempo è perfetto.

Amy aggrottò la fronte e, dopo avere allungato al pony una mano da annusare, gli tastò schiena e collo. – Forse ha male da qualche parte, – disse.

All'improvviso Jo esclamò, illuminandosi in volto: – Amy! Ma tu sai tutto sui cavalli che hanno problemi, vero? Allora puoi aiutarmi? Se le dici che puoi curarlo tu, la mamma me lo lascerà tenere. Potremmo portarlo a Heartland fino a quando non sarà tranquillo e...

– Ehi! – la interruppe Amy. – Anche se Piuma viene a Heartland, non è detto che possiamo aiutarlo. I cavalli che si impennano sono pericolosi –. Poi, nel vedere la sua espressione delusa, aggiunse rapidamente: – Be', penso che dopo tutto ci sia una possibilità... Se c'è qualcosa che lo spinge a impennarsi, come un dolore da qualche parte, allora forse lo potremo curare, visto che non ha ancora preso il vizio di farlo spesso.

– Oh, per favore, di' che sei disposta a provare! – la pregò Jo.

Nel vedere la sua espressione implorante, Amy cedette: – Va bene, ci proverò.

– Grazie! – rispose la ragazzina con il fiato sospeso, ma poi aggiunse subito: – Oh, e come faccio con la mamma? Ha appena detto che lo vuole vendere.

– Andiamo da mia sorella, – replicò Amy. – Lei è bravissima a convincere le persone. Magari, se parla con tua madre, riusciremo a portare Piuma a Heartland.

Lou la stava aspettando vicino al trailer e vedendola arrivare di corsa esclamò: – Stavo cominciando a preoccuparmi!

– Lou, devo parlarti –. Amy la condusse dietro al trailer, indicandole la signora Newhart, seduta in auto poco distante. Poi le spiegò quel che era successo. – Penso che potremo fare qualcosa per Piuma, o almeno vorrei provarci. Adesso che Gallant Prince se ne è andato, abbiamo un box libero.

Lou la guardò perplessa.

– Piuma si è impennato solo un paio di volte, – aggiunse Amy. – E deve avere una ragione specifica per farlo: magari ha paura o sente male da qualche parte.

La sorella rispose preoccupata: – Ma i cavalli che si impennano sono i piú difficili da trattare. Mi ricordo che la mamma, una volta, ha detto che non c'è un metodo sicuro per risolvere questo problema comportamentale.

– Farò attenzione, – ribatté Amy. – Devo almeno provarci.

Lou esitò ancora, ma alla fine disse, sempre con uno sguardo perplesso: – Va bene, prendiamolo.

Amy fece un profondo sospiro. – C'è ancora un problemino: la mamma di Jo.

Con suo grande sollievo, Lou accettò di convincere la mamma di Jo a portare Piuma a Heartland. Dopo essersi presentata spiegò alla signora: – Sono sicura che ci sia una possibilità di curarlo. Amy e Ty hanno entrambi molta esperienza nel trattare i cavalli con problemi di questo tipo.

– E abbiamo già trattato alcuni cavalli che tendevano a imbizzarrirsi, – aggiunse Amy.

– Per favore, di' di sí, – intervenne Jo-Ann implorante. – Sarà perfetto: Heartland è vicina a casa nostra, cosí lo potrò vedere quando vorrò.

La signora Newhart ribatté, ancora preoccupata: – Non sono sicura che sia la cosa giusta...

– Anche solo per qualche settimana, – disse Lou. – Vediamo se riusciamo ad aiutarlo.

– Per favore, mamma, – la implorò Jo. – Non puoi venderlo senza dargli una seconda possibilità.

– Va bene, – concluse la signora Newhart, vincendo la riluttanza. – Può andare a Heartland per un mese –. Il volto di Jo si illuminò di felicità. – Ma se entro un mese non sarà guarito, lo venderemo, – aggiunse con fermezza. – E non lo devi montare fino a quando non sarò sicura che i problemi siano risolti, Jo.

– D'accordo, mamma, – promise la ragazzina, abbracciandola. – Grazie.

Amy provava un misto di sollievo e apprensione. Un mese non era tanto lungo... E se non fossero riusciti a guarirlo?

– Devi dirmi tutto quello che sai di lui, – disse a Jo accompagnandola nel box di Piuma. – Per capire cosa lo fa imbizzarrire. Ha avuto molti padroni? È stato trasferito tante volte? Sono cose che spesso disturbano i cavalli.

– Ma a Piuma non è successo niente del genere, – rispose Jo. – Mio zio l'ha comprato da dei conoscenti del Maryland. Ce l'avevano da cinque anni e avevano deciso di venderlo solo perché era troppo piccolo per la figlia. L'avevano comprato dall'allevatore quando aveva quattro anni e lo facevano partecipare a gare di conformazione.

Amy aggrottò la fronte. – Quindi non è successo niente, prima?

– No. E come ti ho detto, in genere con me è tranquillo. Solo ogni tanto perde il controllo –. Guardò Amy e le chiese ansiosa: – Lo guarirai, vero?

– Farò del mio meglio, davvero, – promise la ragazza.

Piuma entrò nel trailer senza difficoltà, annusò Rosie e strofinò il muso contro Jo. – Vengo a trovarti domani, piccolo, – promise lei, baciandogli il naso. E in un sussurro aggiunse: – Ti voglio bene.

Amy sorrise. Non ricordava molto di Jo dai

tempi della scuola, essendo qualche classe avanti a lei, ma da quel poco che aveva avuto modo di capire, le piaceva. «Spero proprio di aiutare lei e Piuma» pensò mentre Jo saltava giú dal trailer.

– A domani, allora, Amy!

– Sí, a domani! – le sorrise lei, poi entrò nel pick-up accanto a Lou.

La sorella la guardò e disse in tono scherzoso: – Allora, vuoi prendere qualche altro cavallo, già che siamo qui?

– Be', ci sarebbe posto nella selleria, – ribatté lei, stando allo scherzo. – Potrei andare a vedere se c'è un piccolo pony.

Appoggiò la mano sulla maniglia della portiera, ma Lou mise in moto e partí. – Troppo tardi! – sorrise. – Cosí può bastare. Chissà cosa dirà Ty quando ci vedrà arrivare!

Amy sorrise. Già, chissà cosa avrebbe detto il suo amico nel veder scendere due cavalli anziché uno solo...

Capitolo secondo

– Amy! – esclamò infatti il ragazzo dopo avere abbassato la rampa del trailer. – C'è un altro cavallo, qui dentro!

La ragazza finse di stupirsi. – Ma guarda! – commentò con aria innocente. – Come avrà fatto a salirci?

Ty scosse la testa con un sorrisetto. – Okay, raccontami tutto.

– Si è impennato mentre guardavo Jo che lo cavalcava, e sua madre ha detto che lo voleva vendere –. Ty fece un'espressione perplessa. – Dovevo aiutarlo, – concluse Amy.

– Un cavallo che si impenna... – iniziò il ragazzo, passandosi una mano fra i capelli scuri.

– Lo so che è difficile, ma lo ha fatto solo un paio di volte. Dagli un'occhiata, – disse Amy, vedendolo sempre piú perplesso. – Non è cattivo, vedi?

Quando il ragazzo la fissò con i suoi penetranti occhi grigi, sentí una stretta allo stomaco. Lei e Ty non erano esattamente fidanzati, ma a Natale lui l'aveva baciata e qualche volta le bastava un suo sguardo per farle rivivere quel momento.

– Vado... vado a farlo scendere, – disse in fretta, sentendosi avvampare. – Cosí mi dici cosa ne pensi.

Si spostò sul fianco del trailer, a testa bassa per nascondere l'imbarazzo, e aprí la porticina laterale. Diede una leggera pacca a Rosie, che era tranquilla e rilassata, con gli occhi semichiusi; poi slegò Piuma e lo condusse fuori dal trailer.

Il pony arabo uscí a testa alta; non appena ebbe messo una zampa a terra si voltò di qua e di là, scrutando i paddock accanto alla stradina e la vecchia scuderia di mattoni vicino alla fattoria di legno bianco, poi alzò una zampa anteriore, sbuffando, e si mise a battere con lo zoccolo sulla ghiaia.

– Bravo, ragazzo, – disse Ty strofinandogli la spalla. – Un po' agitato, però. Non mi sembra il pony adatto a una principiante.

Amy annuí. – Sí, ma Jo è brava. Ha un assetto perfetto ed è rimasta in sella senza problemi quando si è impennato –. Diede un'occhiata al ragazzo, che stava studiando il muso fine del cavallo, poi gli chiese: – Allora, cosa ne dici?

– Sensibile, buono, – rispose lui osservando con attenzione le orecchie delicate, gli occhi grandi e il muso piccolo. – Il genere di cavallo che si fa prendere dal panico se ha paura o soffre –. Si voltò e annuí. – Sí, hai fatto bene. Forse ha un problema che riusciremo a risolvere. Non sembra cattivo.

Amy si sentí piú sollevata. Era bello che Ty fosse d'accordo con lei! All'età di quindici anni il ragazzo aveva cominciato a lavorare a Heartland nei fine settimana e durante le vacanze, ma a sedici, lasciata la scuola, aveva accettato di fare lo stalliere a tempo pieno. La madre di Amy, Marion, sosteneva che avesse un talento naturale per i cavalli.

– La prima cosa che dobbiamo fare, – continuò lui, – è chiamare Scott per fargli controllare se ha qualche ferita che lo fa impennare cosí.

Amy annuí. Scott Trewin era il loro veterinario. – E se non ci sono ferite...

–... partiamo da zero, – concluse Ty.

Entrambi sorrisero e Amy si sentí travolgere da un'ondata di felicità; lavoravano cosí bene insieme, come se si potessero leggere reciprocamente nel pensiero.

– Dammi, – disse il ragazzo allungando la mano. – Comincio a portarlo nel box di Gallant Prince. La puledra può andare in quello vicino a Jake, che è già pronto.

– Grazie, – rispose Amy tendendogli la corda, poi entrò nel trailer per slegare Rosie, che le strofinò il muso contro il braccio.

– Che tenera sei, – le mormorò, accarezzandole il mento a macchie bianche e castane. – Vieni, andiamo nel tuo nuovo box –. E con un leggero movimento della testa, la piccola Appaloosa uscí obbediente e la seguí nel cortile.

Amy stava per aprire la mezza porta della scuderia quando sentí un rumore di zoccoli e, voltandosi, vide Ben Stillman, l'altro aiutante di Heartland, di ritorno da un allenamento con il suo purosangue castano.

– Ciao! – la salutò il ragazzo e, indicando Rosie che strofinava la testa contro la porta, chiese: – È questo il cavallo nuovo?

Amy annuí. – Uno dei due –. E nel vedere il suo sguardo perplesso aggiunse: – È una storia lunga: ce n'è un altro nella scuderia sul retro, nel box che era di Prince.

Ben sospirò. – Adesso sistemo Red, poi mi racconti tutto.

Amy agganciò la corda di Rosie fuori dalla porta del box e lo seguí.

Ben era a Heartland da pochi mesi, e anche se ci era voluto un po' di tempo perché si ambientasse, ora faceva definitivamente parte della famiglia. – Allora, di' un po': cos'è questa storia? – le chiese subito.

Amy si inginocchiò per aiutarlo a togliere le stinchiere a Red e gli raccontò quel che era successo alla scuderia di Tall Oaks.

– Cosí ho dovuto dirle che potevamo aiutarlo, – concluse.

– Ma certo, – commentò Ben, con uno sguardo comprensivo. – Poverina, sarà stata davvero agitata.

Amy annuí e aggiunse: – Spero solo che riusciremo a curarlo.

– Se c'è qualcuno che lo può fare, quelli siete tu e Ty, – dichiarò convinto il ragazzo.

Amy si sentí riscaldare il cuore e lo ringraziò con un sorriso, poi gli chiese, dando una pacca a Red: – Com'è andato oggi?

– Ha saltato come un pazzo, volava sugli ostacoli! – rispose lui. – Domenica c'è un concorso *indoor* a Willow Creek e pensavo di andarci. Vuoi venire? C'è anche la categoria Juniores. Potresti iscrivere Sundance.

– Sí! – rispose subito la ragazza. Sundance, il suo pony, era un buon saltatore, e aveva vinto diverse volte il Large Pony Champion. Le sarebbe piaciuto provarlo nella sezione Jumper, ma non aveva mai tempo per andare alle gare e inoltre non c'era mai nessuno libero per accompagnarla.

– Scommetto che li sbaraglia tutti, – disse Ben.

– Dovrei esercitarmi un po', – rispose Amy, pensando velocemente a quando ne avrebbe avuto il tempo. Era il mese di febbraio e le giornate erano ancora corte. Ma forse, se lo allenava prima di andare a scuola, poteva...

– Oh, – sbottò, colta da un pensiero improvviso, – quando hai detto che è il concorso?

– Domenica.

– Niente da fare, non posso, – disse delusa.

– Perché?

– Mio... – lottò per pronunciare la parola, con la gola secca. – Viene a trovarci mio padre.

Ben spalancò gli occhi per la meraviglia. – Tuo padre? – ripeté.

– È stata Lou a organizzare tutto, – rispose lei, ricacciando l'emozione. Non aveva intenzione di agitarsi troppo per la visita di quell'uomo che aveva lasciato lei, Lou e la loro madre piú di dodici anni prima. Dopo tutto, fino a qualche mese prima non aveva neppure mai cercato di mettersi in contatto con loro... Le si affacciò alla mente il pensiero della lettera che avevano ritrovato poco dopo la morte della madre, nella quale, sette anni dopo essere scomparso, la implorava di riconciliarsi con lui. «Ma non ci aveva provato sul serio, – pensò con rabbia. – Avrebbe potuto scriverle ancora».

I suoi occhi grigi ebbero un lampo di sfida. – Magari, dopo tutto, ci vengo, – dichiarò. – Lo posso sempre vedere la sera, quando torno –. Alzò il mento e aggiunse: – E poi, meno tempo passo con lui e meglio è.

– Ma non lo vedi da dodici anni, Amy, – ribatté Ben.

– E allora? – alzò le spalle, facendo del suo

meglio per ignorare la vocina dentro di lei che gridava: *Ma cosa dici? È tuo padre!* – Non significa che adesso debba passare del tempo con lui. No, vengo al concorso con te.

– Oh, no. Se avessi saputo che veniva tuo padre a trovarti, non te l'avrei chiesto –. Amy aprí la bocca per ribattere ma, prima che potesse dire qualcosa, il ragazzo aggiunse: – Senti, Amy. Se c'è uno che sa quanto è importante sistemare le cose con i genitori, quello sono io. Anche se non lo si desidera.

– Ma... – iniziò lei.

Ben scosse la testa. – Lo sai anche tu quanto ho perso tagliando fuori per sei anni mia madre dalla mia vita. Dài a tuo padre una possibilità. Sei tu quella che ci perde, se non lo fai.

Amy continuò a guardarlo con aria ostile, ma in fondo sapeva che Ben aveva ragione. E poi bisognava pensare anche a Lou: quella visita significava molto per lei, che da anni sperava di vederlo tornare. Se fosse andata al concorso proprio quel week-end, si sarebbe arrabbiata moltissimo. – Okay, – sospirò alla fine. – Magari potrò venirci la prossima volta.

Il ragazzo sorrise. – Ma certo –. Poi prese la sella e le briglie di Red e si avviò verso la porta. – È la cosa migliore da fare, Amy. Lo sai.

– Sí, hai ragione, – mormorò lei, e si incamminò verso la scuderia sul retro in cerca di Ty, prendendo a calci i sassi.

Se solo non fosse venuto! Lei, Lou e il nonno avevano una loro vita, senza di lui. Non poteva restarsene in Australia, con la nuova moglie e il loro bambino?

Mentre si avvicinava alla porta della scuderia, qualche cavallo si mise a nitrire e, nonostante il pessimo umore, Amy non poté fare a meno di sorridere. Quella era la cosa piú bella dei cavalli: non si poteva essere in collera quando si stava accanto a loro.

Stava percorrendo il corridoio fra i box, dando una pacca affettuosa sul collo e qualcosa da sgranocchiare a ciascuno, quando Ty si affacciò dal box di Piuma e la salutò.

– Ciao, – rispose, mentre il pony appoggiava il naso alla mezza porta e le annusava le mani per avere la sua dose di biscotti, con gli occhietti scuri che spuntavano da sotto gli spessi ciuffi biondi.

Ty sembrò cogliere il suo umore dal tono della voce e le chiese, aggrottando la fronte: – Che c'è?

– Niente, – mormorò Amy, allungando un ultimo biscotto a Sugarfoot prima di entrare nel box di Piuma.

Ma il ragazzo non si arrese e le chiese di nuovo cosa fosse successo. Vedendolo cosí preoccupato, Amy non riuscí piú a trattenersi. – Arriva papà. Ma io non voglio che venga qui. Non voglio vederlo!

Ty le si avvicinò. – Ehi, – disse dolcemente, appoggiandole una mano sulla spalla. – So che sarà dura, ma vedila cosí: incontrandolo potrai finalmente fare i conti con il passato.

Amy alzò lo sguardo e lo fissò.

– Dopo tutto, lo devi fare una volta sola, – continuò Ty. – E se non ti trovi bene con lui, non sei obbligata a rivederlo.

– Penso di sí invece, – Amy fece una smorfia. – È che non vorrei incontrarlo nemmeno una volta.

– Mi sa che non puoi evitarlo, – disse Ty, tirandola a sé. – Vieni qui, andrà tutto bene.

Amy lo vide avvicinarsi sempre piú e, proprio quando era sicura che stesse per baciarla, sentí Ben entrare nella scuderia fischiettando. I due ragazzi si separarono con aria colpevole. Nessuno tranne Soraya, la migliore amica di Amy, sapeva di loro, ed era quello che lei voleva. Fino a quando non avessero deciso esattamente cosa fare di quella relazione, lo doveva sapere il minor numero possibile di persone: era meno complicato.

– Ehi, – esclamò Ben, avvicinandosi al box dove Piuma stava mangiando il fieno dalla rete con morsi rapidi e nervosi. – Allora, è questo il nuovo pony?

– Sí, – rispose subito Amy, sperando che non notasse la sua agitazione.

– Carino, – commentò lui. – Sembra sia di discendenza polacca, a giudicare dall'aspetto –. Ben conosceva molto piú di Amy i cavalli arabi, perché aveva vissuto per sei anni da una zia che aveva un allevamento di quella razza. – Sai qualcosa della sua storia?

– Poco, – rispose lei.

– Allora, perché si è impennato stamattina? – chiese il ragazzo.

– È quello che dobbiamo scoprire, – fece Ty, – cosí potremo aiutarlo meglio.

Amy guardò il bel pony grigio a macchie rossastre, con la coda e la criniera argentate, e pensò che Ty aveva ragione: non sarebbero riusciti a guarirlo finché non avessero scoperto le ragioni del suo comportamento. Desiderava disperatamente aiutarlo, anche per Jo.

Verso sera, dopo avere dato da mangiare ai cavalli, ripulito le scuderie e riempito i secchielli d'acqua, Amy salutò i due ragazzi e si incamminò stanca verso casa.

Entrò nella cucina calda; sui fornelli stava cuocendo un bel pezzo di stufato mentre Lou, appoggiata al lavello, parlava al telefono. Si tolse in fretta il giaccone e lo appoggiò allo schienale di una sedia; la sorella, con la mano libera, lo afferrò immediatamente e lo appese dietro la porta, sull'attaccapanni che aveva appena comprato.

– Va bene. A domani, – stava dicendo.

Amy le chiese sottovoce se fosse al telefono con Scott, perché doveva parlargli.

– C'è qui Amy che ti vuole parlare, – fece Lou, e dopo una pausa aggiunse piano: – Anch'io.

Amy ridacchiò. Scott e Lou si frequentavano da qualche mese, e a giudicare dall'espressione luminosa degli occhi azzurri di sua sorella, le cose sembravano andare bene.

Nel vederla sogghignare, Lou arrossí e le passò in fretta il cordless.

– Salve, Scott, – fece Amy.

– Amy! – la salutò la voce calda del veterinario. – Che posso fare per te?

Amy gli raccontò di Piuma e gli chiese se poteva dargli un'occhiata.

– Certo, – rispose lui. – Vengo domani verso le dieci. E come va con quel pony chiazzato bianco e nero, Puzzle?

Puzzle aveva trascorso diverso tempo in una scuola di equitazione fino a quando, a causa del troppo lavoro, si era fratturato una zampa anteriore per le eccessive sollecitazioni ed era stato messo in vendita. Stava per finire al macello quando un ex cliente della scuola lo aveva riconosciuto, aveva avuto pietà di lui, lo aveva comprato e lo aveva portato a Heartland, dove Amy e Ty lo avevano accolto senza esitazioni.

– Va bene, – rispose Amy. – Tutti i giorni gli diamo olio di fegato di merluzzo e cubetti di alfa alfa per il calcio, piú trenta foglie e una radice di consolida. La consolida maggiore è ottima per i danni alle ossa.

– Sí, ricordo che anche tua mamma l'aveva usata con un cavallo che aveva un problema simile al bacino, un hunter baio.

– Ah, sí, Arctic, – disse Amy, che non dimenticava mai nessun cavallo passato da Heartland. – Era guarito in tre mesi.

– Speriamo che con Puzzle vada altrettanto bene. Ricordami di dargli un'occhiata, domani, – concluse Scott.

Mentre posava il telefono, Amy pensò a quanto fossero fortunati ad avere Scott, che a differenza di molti altri veterinari non considerava con sufficienza i trattamenti naturali praticati a Heartland, anzi, ne era molto interessato. Se un rimedio funziona, perché non usarlo? Questo era il suo atteggiamento. La ragazza si rammaricava che non vi fossero piú persone con la stessa apertura mentale nel mondo dei cavalli.

– Dov'è il nonno? – chiese alla sorella, mentre apparecchiavano per la cena.

– Sta facendo la doccia. Ha detto che la carne sarà cotta fra una decina di minuti.

– Bene, sto morendo di fame! – esclamò.

Dopo dieci minuti, Jack Bartlett scese in cucina e strofinandosi le mani chiese: – Pronte per mangiare?

– Ma certo! – fece Amy, balzando in piedi per andare a prendere i piatti.

Jack tirò fuori dalla pentola lo stufato, che aveva un aspetto assai invitante. Il nonno era un cuoco fantastico, e per quanto Amy si ricordava era sempre stato lui a preparare il cibo e a occuparsi della casa, anche se all'occorrenza metteva in pratica tutte le competenze accumulate nei tanti anni di lavoro come allevatore di bestiame.

I tre si sedettero a tavola e stavano per cominciare a mangiare quando Lou, dopo avere appoggiato forchetta e coltello, annunciò con un sorriso: – Non volevo ancora dirvelo, ma non posso piú tenerlo per me. Ho avuto un'idea brillante per aumentare le entrate di Heartland.

– Allora dicci quale –. Amy la guardò piena di aspettativa.

Lou ridacchiò. – Non ancora. Prima voglio vedere se è praticabile. Lunedí ho un appuntamento in città per verificare alcune cose. Ve lo dirò dopo.

– Dacci almeno qualche indizio, Lou, – la pregò il nonno.

Ma la nipote scosse la testa con aria misteriosa. – Dovete aspettare fino a lunedí! Ma credetemi, è un'idea brillante, vi piacerà –. E aggiunse, con gli occhi scintillanti: – Se le cose andranno come penso, ne possiamo parlare con papà questo fine settimana e sentire cosa ne pensa.

Amy lanciò un'occhiata al nonno. Sapeva che lui non aveva mai perdonato loro padre per averle abbandonate; lo vide stringere la mascella. – Allora, viene sabato? – chiese in tono controllato.

– Sí, verso le dieci, – rispose Lou. – Non vedo l'ora. E tu, Amy?

Amy cercò di sorridere; sapeva quanto ci tenesse la sorella a quella visita e non voleva che i suoi sentimenti verso di lui le rovinassero la festa, quindi riuscí a rispondere: – Sarà bello.

Il nonno invece disse: – Credo che starò via tutto il giorno.

– Via? – esclamò Amy fissandolo allarmata. Era già abbastanza dura incontrare il padre, ma farlo senza il nonno presente! Come avrebbe potuto? Aveva bisogno di lui, del suo appoggio!

– È meglio cosí, – ribadí con calma Jack.

Lou lo guardò per un attimo, poi annuí senza replicare. Si rendeva conto che per lui era già una grande concessione lasciar entrare quell'uomo a casa loro, quindi disse: – Okay, capisco. E ti siamo tutte e due grate perché permetti a papà di venire qui, vero Amy?

No, per niente, voleva gridare la sorella. *Perché non potevi dire di no, nonno?* Invece si sforzò di sorridere e, sperando che il tono della sua voce non suonasse troppo falso o stridulo, disse: – Sí, grazie, nonno.

Dopo cena, in camera sua, Amy tirò fuori dal cassetto un vecchio album di fotografie. Erano tutte foto di famiglia scattate prima dell'incidente accaduto al padre durante una gara del Campionato mondiale di salto ostacoli, a causa del quale aveva dovuto dire addio alla sua carriera da professionista e aveva deciso di abbandonare la famiglia. Una volta resasi conto che non sarebbe piú tornato, Marion, la moglie, aveva lasciato suo malgrado l'Inghilterra con Amy, che aveva solo tre anni, per tornare in Virginia, nella fattoria del padre. Lou, che aveva già undici anni, l'aveva implorata di poter restare a studiare in Inghilterra, nella speranza che il padre prima o poi sarebbe andato da lei.

Continuando a sfogliare le pagine dell'album si soffermò in particolare su una foto, che ritraeva lei e la sorella in primo piano, in sella a due pony. La osservò con attenzione: lei, una bimbetta magrolina con degli stivali troppo grandi; Lou, con i capelli biondi stretti in un paio di treccine, che stringeva una coppa d'argento sfoggiando un ampio sorriso.

Vide la gioia e la felicità in quello sguardo: sembrava impossibile credere che la ragazzina della foto sarebbe diventata quella sorella tanto seria e riservata. E poi era cosí naturale e a suo agio, a cavallo; sembrava proprio un'altra. Dietro di loro c'era Marion, con un braccio sul collo del suo pony, i capelli mossi dal vento e il volto sorridente. Di colpo Amy fu sopraffatta dalla tristezza; si asciugò le lacrime che le annebbiavano la vista e cercò il padre: era accanto a Lou, alto, con folti capelli scuri, e le sorrideva con un'espressione di profondo orgoglio.

Amy inghiottí il nodo che le stringeva la gola. Era cosí bello, forte e felice in quella foto! «Di sicuro è cambiato» pensò, ricordando la fugace apparizione di una sagoma stanca e canuta, inginocchiata sulla tomba della madre, qualche mese prima.

Scosse la testa. Come sarebbe stato incontrarlo di nuovo? Cosa gli avrebbe detto?

Improvvisamente sentí bussare alla porta e si riscosse dai suoi pensieri.

– Sono io, – disse Lou aprendo la porta. – Vado a farmi una cioccolata calda; la vuoi anche tu? – Poi vide l'album di fotografie sulle ginocchia della sorella e le si avvicinò. – Hai tirato fuori l'album della mamma.

Amy annuí. – Ti ricordi quel giorno? – le chiese indicando la foto.

– Sí, avevo appena vinto un Open di salto ostacoli. Mi ricordo che ero cosí contenta che ci fosse papà a guardarmi. Ero decisa a diventare una campionessa, proprio come lui.

– Hai un'aria cosí felice, – disse Amy.

Lou annuí lentamente. – Sí, certo, – rispose dopo un attimo di silenzio, poi aggiunse calma, scuotendo la testa: – Le cose erano cosí semplici, allora.

Amy alzò gli occhi e incrociò lo sguardo indecifrabile della sorella: triste, addolorato, perso? Prima che riuscisse a rispondersi, Lou si era già rialzata e aveva ripreso la sua espressione controllata. – Allora, la vuoi la cioccolata calda?

– Ah, no... grazie, – rispose, colpita da quell'improvviso cambiamento.

– Va bene. Buonanotte, allora, – fece Lou brusca. – A domani.

Amy la guardò mentre usciva dalla stanza e quando chiuse la porta ripensò a quel che aveva visto esattamente in quello sguardo. Non era solo tristezza. Cercò la parola giusta: forse rimpianto?

Capitolo terzo

La mattina seguente, alle dieci, la jeep blu di Scott Trewin salí scoppiettante lungo la stradina di Heartland.

– Grazie per essere venuto, – lo salutò Amy. Non c'erano molti veterinari disposti a fare visite di routine la domenica, ma con Scott era diverso: lui non sembrava curarsi del tempo che passava con i cavalli.

– Figurati, – rispose lui con un caldo sorriso. – Sono reperibile, comunque. Allora, dov'è questo nuovo pony che vuoi farmi vedere?

– Nella scuderia, – rispose la ragazza.

Proprio in quell'istante si aprí la porta della fattoria e ne uscí Lou. – Ciao! – esclamò avvicinandosi sorridente. – Me l'aveva detto, Amy, che saresti venuto.

I due si scambiarono un bacio sulla guancia, e Scott disse, rivolto a Amy: – Vedi, forse avevo anche un altro motivo per passare da queste parti –. Poi chiese a Lou: – Vieni anche tu nella scuderia?

I tre si avviarono verso il box di Piuma, ma improvvisamente Scott si fermò davanti alla scuderia principale, dove affacciata alla mezza porta del suo box c'era Rosie. – Una nuova? – chiese.

– Sí, – rispose Amy, iniziando a raccontargli i problemi della cavalla. – Non si lascia mettere né redini né cavezza. Ho notato una cicatrice su questo orecchio. Forse in passato ha avuto qualche brutta esperienza.

– Vuoi che le dia un'occhiata? – si offrí Scott.

– No, lascia stare, – disse la ragazza, timorosa di sottrargli tempo prezioso. – La proprietaria l'ha fatta vedere dal suo veterinario prima di contattarci e non ha trovato niente, anche se l'ha dovuta sedare prima di avvicinarsi.

Superarono il locale del mangime, dove Ben stava spazzando il pavimento. Il ragazzo era indaffaratissimo perché era la giornata libera di Ty e, dopo avere salutato gentilmente Scott, continuò a lavorare.

Piuma, affacciato al box con le orecchie dritte, stava guardando curioso da una parte all'altra del corridoio.

– Bravo, ragazzo, bravo, – disse Scott; poi staccò la cavezzina dal gancio ed entrò.

Mentre Amy lo teneva fermo gli auscultò cuore e polmoni, gli controllò la dentatura e passò metodicamente a collo, posteriore, schiena e bacino.

– Bene, non vedo problemi, almeno in apparenza, – disse infine, facendo scorrere le mani lungo le zampe e la testa. – Ma portalo fuori, cosí vedo come cammina.

Amy accompagnò il cavallo fuori dalla scuderia e lo fece trotterellare su e giú per il cortile. Piuma aveva la tipica postura dei cavalli arabi, bella ed elegante, e praticamente fluttuava sul terreno. Di sicuro avrebbe vinto qualche nastro alle gare di conformazione.

– Bene, sembra proprio sano, – disse Scott. – Tienilo fermo un momento lí, in piano.

Il veterinario lo riesaminò con attenzione e alla fine gli diede una pacca sul collo. – Perfetto, o quasi. Prendo un campione di sangue da analizzare, solo per essere sicuri che non ci sia qualche problema occulto, ma mi sembra molto in salute.

Il cavallo alzò il naso e sbuffò piano verso di lui, e Amy sorrise. Era proprio tenero ed era comprensibile che Jo lo adorasse. – Se non ti fa male da qualche parte, allora bisognerà scoprire perché ti comporti cosí, – disse rivolta al pony. – Studiamo un po' cosa hai in mente...

– Mi sembra abbastanza agitato, – commentò Scott. – Magari c'è qualcosa che lo spaventa, che lo fa impennare.

Amy annuí; la madre le aveva detto centinaia di volte che la maggior parte dei problemi comportamentali dei cavalli era dovuta a dolore o paura. – Ty pensa che sia il genere di cavallo che si fa prendere dal panico, – disse poi, e guardando Piuma aggiunse: – Magari mi farò un'idea piú chiara quando proverò a montarlo.

A quelle parole, Lou aggrottò la fronte e chiese allarmata: – E se si impenna?

La sorella alzò le spalle. – Meglio con me che con Jo –. E facendo schioccare la lingua riaccompagnò il pony nella scuderia.

Tornando indietro, Scott si fermò davanti a Puzzle, che se ne stava tranquillo nel suo box con una zampa anteriore tesa di fronte e il peso appoggiato sull'altra.

– Poverino, – fu il commento del veterinario. – Dà l'anima per sei mesi in quel centro ippico, poi gli capita un infortunio e quelli lo vanno a vendere a un macello.

Amy annuí. – Non è una gran vita, vero, quella dei pony nei centri equestri?

– Dipende dalla scuola. Se un pony finisce in un maneggio come quello di Puzzle, dove li sfruttano fino all'ultimo respiro... be', allora no, non è una bella vita.

– Ma non sono tutti cosí, – intervenne subito Lou. – Ce ne sono alcuni eccellenti, dove cavalli e pony sono ben nutriti e curati e lavorano per un tempo ragionevole...

Fu interrotta da un trillo acuto, che proveniva dalla tasca di Scott. Il veterinario estrasse il cercapersone e lesse il messaggio. – Sembra proprio che debba andare. C'è una cavalla che deve partorire a Crow's Landing –. Poi diede un rapido bacio a Lou, promettendo di telefonarle piú tardi, riprese la borsa e corse verso l'auto.

Lou lo seguí con lo sguardo, poi andò nel box di Sugarfoot dove c'era Amy e accarezzando dolcemente il pony sul collo le chiese: – Allora, cos'hai in programma per stamattina? – Sugarfoot era l'unico cavallo per il quale Lou provava un vero interesse; era stato portato a Heartland mezzo morto di fame e lei aveva contribuito a rimetterlo in salute. Forse per questo occupava un posto speciale nel suo cuore.

– Allora, prima seguo Rosie per vedere se riesco a capire il suo problema, – disse Amy. Ma poi si ricordò della conversazione del giorno prima e dell'idea di accudire i cavalli insieme, e le propose: – Puoi aiutarmi, se vuoi.

Lou scosse la testa e quasi balbettando disse: – Non posso. Ho un sacco di cose da fare: preparare le carte per l'incontro di lunedí, emettere le fatture, aggiornare la contabilità e...

– Va bene, ho capito, – la interruppe la sorella, pensando che avrebbe potuto risparmiarsi di chiederglielo.

Ma mentre si avviava verso la selleria, Lou la fermò. – Amy! Aspetta! – Dopo un istante la raggiunse. – Forse ho tempo, – disse arrossendo leggermente. – Ma solo un po'. Cosa... dimmi... cosa devo fare?

Amy rispose fissandola sbalordita: – Be', prima volevo governare Rosie. Puoi darmi una mano.

– Okay.

Quando arrivarono nel box con il secchiello, la cavalla era verso la parete sul fondo.

– Brava, bella, – disse Amy, agganciando la cavezzina alla corda. Dopo un istante di esitazione, Lou prese dal secchiello una striglia di gomma e mentre la passava sul collo e le spalle di Rosie chiese: – Allora, cosa pensi di fare per aiutarla a guarire?

– Be', sono quasi sicura che fa cosí perché ha paura, – rispose lei, spazzolando piano la coda arruffata della cavalla. – Visto che ha una cicatrice sull'orecchio, penso che le sia successo qualcosa che l'ha spaventata. Per prima cosa dobbiamo conquistare la sua fiducia.

– Provi con il Join-up? – chiese Lou, continuando a strigliare con gesti sempre piú sicuri.

La sorella annuí. Il Join-up era una tecnica molto utilizzata dalla madre, mediante la quale si comunicava con i cavalli utilizzando il linguaggio del corpo. – Una volta conquistata la sua fiducia, posso cominciare a toccarle le orecchie e a mettere e togliere la cavezza.

– Sembra proprio tranquilla, – commentò Lou spazzolando il posteriore. – Non si direbbe che abbia solo tre anni.

– Sí, è vero, – rispose Amy osservando la cavalla; come il giorno prima, aveva gli occhi semichiusi e appoggiava il muso su una sbarra contro la parete. D'un tratto ebbe un moto di apprensione: c'era forse qualcosa che non andava? Ma no, si disse, il veterinario di Sheri l'avrebbe visto: dopo tutto l'aveva visitata solo qualche giorno prima.

– Sta bene, vero? – chiese Lou, alzandosi in piedi per controllare la puledra con il volto accigliato.

– Sí, sono sicura di sí. Gli Appaloosa sono una razza sensibile e obbediente.

Per sicurezza, terminato di governarla, le controllò la temperatura e, non avendo riscontrato nulla, l'accompagnò nel tondino.

Una volta all'interno sganciò la longhina, la arrotolò e la indirizzò verso il fianco di Rosie, facendo schioccare la lingua. La puledra la guardò con leggera sorpresa ma mosse solo il posteriore di novanta gradi, senza spostarsi.

– Forza! – disse Amy, alzando le braccia e facendo qualche passo verso di lei.

Rosie alzò bruscamente il muso, si voltò e trottò via, seguita dalla ragazza, che si mise a sventolare di nuovo la longhina arrotolata nella sua direzione.

A quel punto Rosie iniziò a trottare lungo il perimetro del recinto, alzando la testa piú di una volta. Amy la incitò, guardandola negli occhi ma tenendo le spalle ad angolo retto rispetto alle sue; la puledra scosse di nuovo la testa e ruppe al piccolo galoppo.

Lo scopo del Join-up consisteva nel far scegliere al cavallo di correre con un essere umano al centro del tondino, anziché per conto suo. A quel punto era possibile utilizzare il linguaggio del corpo per mostrargli di non essere un pericolo e dargli la possibilità di chiedere l'amicizia.

Ogni volta che Rosie cercava di rallentare, la ragazza le andava incontro con la longhina in mano; dopo qualche giro si portò davanti alla puledra e, sollevando le braccia, le fece invertire la direzione e camminare ancora per un po', finché apparve finalmente il segnale che attendeva: Rosie abbassò l'orecchio verso l'interno del tondino, nella sua direzione, e continuò al piccolo galoppo, sempre con l'orecchio puntato verso di lei. Poi, dopo qualche giro, abbassò la testa; cercava, nel suo linguaggio, di dirle che non voleva piú scappare. Infine aprí la bocca, rallentò al trotto e iniziò a masticare.

Era l'altro segnale; Amy abbassò le braccia, le diede il fianco e abbassò lo sguardo a terra. *Non sono un pericolo*, diceva con il linguaggio del corpo. *Se vuoi essere mia amica, anch'io lo sarò*.

Poi sentí che il ritmo degli zoccoli sul terreno passava dal trotto al passo e infine la cavalla si fermò alle sue spalle; anche se non poteva vederla, Amy sentiva che Rosie la stava guardando. Aspettò un secondo, poi un altro e un altro ancora; quando udí un soffio leggero e il suono attutito degli zoccoli sulla sabbia trattenne il fiato, finché non arrivò quello che aspettava: la puledra le strofinò piano il muso sulla spalla.

A quel punto la ragazza si voltò lentamente e le accarezzò il naso, senza ancora guardarla negli occhi.

– Brava, – le sussurrò, e si mise a camminare lungo il recinto. Rosie la seguí immediatamente, tenendo il muso quasi contro la sua nuca. Non era obbligata a seguirla, non era legata con una corda, aveva semplicemente scelto, deciso di farlo. Amy ebbe un brivido di felicità; non c'era niente di piú bello di quel momento, il momento in cui un cavallo supera l'istinto di fuga e offre volontariamente la sua amicizia a un essere umano, il segnale di inizio di una collaborazione basata sulla fiducia.

Dopo qualche giro del recinto la ragazza si fermò e le strofinò il collo, mentre la puledra le annusava la mano guardandola meravigliata. I cavalli sottoposti al Join-up avevano spesso quell'espressione, come se dicessero: *Finalmente ho trovato un essere umano che mi capisce.*

– Anch'io, – le sussurrò. – O almeno farò del mio meglio per capirti.

– Wow! – esclamò Lou, che se ne stava appoggiata al cancello, quando la sorella le si avvicinò. – Anche se ti ho già vista farlo altre volte, è sempre emozionante.

Amy rispose con uno sguardo eccitato: – Dovresti provarci anche tu! – Poi, fissandola negli occhi, esclamò: – Perché no? Puoi provarci adesso, con Rosie.

Lou si tirò subito indietro. – No! Non... non vorrei combinare qualche disastro.

– Ma no, – cercò di convincerla Amy. – Vieni, ti faccio vedere come si fa.

Lou continuava a scuotere la testa. – No... Preferisco di no –. E cambiando argomento le chiese: – Allora, cosa succede con Rosie adesso? A questo punto si lascerà toccare le orecchie?

– Forse no, – rispose la sorella; alzò una mano e provò ad avvicinarla all'orecchio della puledra: come previsto, la cavalla si tirò subito indietro.

– Oh, – commentò delusa Lou.

– Non è che il Join-up sia una cura miracolosa per risolvere tutti i problemi, – spiegò Amy. – È piuttosto un passo in avanti nella giusta direzione. Dopo il Join-up avrò piú facilità ad aiutarla a superare le sue paure, perché adesso si rende conto che non sono una potenziale minaccia per lei. Il fatto è che la sua paura è troppo ben radicata perché basti solo il Join-up.

– E allora cosa fai adesso? – chiese di nuovo Lou, affascinata.

– Adesso le dò una possibilità di scelta: può

accettare che la tocchi o può allontanarsi, ma se si allontana, deve andarsene.

– Non ho capito.

– Guarda –. Amy riportò Rosie al centro del tondino e le avvicinò di nuovo una mano all'orecchio. Quando la puledra si spostò di scatto, alzò le braccia e la mandò a correre lungo il recinto; dopo tre giri la puledra lanciò il segnale con cui chiedeva il permesso di tornare al centro del tondino: iniziò ad aprire e chiudere la bocca. Amy, dopo averle voltato le spalle, la invitò ad avvicinarsi.

Quindi si fece nuovamente seguire per qualche giro del tondino; dopo averla fatta fermare riprovò ad avvicinarle le mani alle orecchie, ma di nuovo Rosie scartò bruscamente.

– Vedi? – gridò Amy rivolta alla sorella, alzando le braccia per far riprendere il cammino alla cavalla. – La lascio scegliere: restare con me e lasciarsi toccare le orecchie oppure andarsene. Se sceglie di andarsene deve stare lontana fino a quando non sarò disposta a lasciarla avvicinare di nuovo. Non la obbligo a lasciarsi toccare le orecchie, le do la possibilità di scegliere.

La ragazza riprovò altre tre volte finché, al quarto tentativo, Rosie si lasciò toccare l'attaccatura delle orecchie.

– Brava, – la ringraziò lei togliendo subito la mano, poi le accarezzò il collo e riprovò.

La puledra si irrigidí ma rimase ferma e Amy riuscí a toccarle entrambe le orecchie.

– Wow, che progressi! – commentò Lou.

– E tutto senza forzature, – rispose la sorella contenta. Poi, dopo avere dato una pacca sul collo a Rosie disse: – Okay, per oggi basta.

– Quanto pensi che ci vorrà per guarirla del tutto? – chiese Lou mentre la riconducevano nella scuderia.

– Spero non troppo. Dovrebbe migliorare nel giro di una settimana o poco piú. E comunque i tempi variano da un cavallo all'altro.

– Cerchi anche di toglierle il vizio di scrollare la testa, come sta facendo adesso? Ho notato che anche nel tondino lo faceva parecchio, – commentò Lou.

Amy aggrottò la fronte; si era cosí concentrata sul Join-up da non avere notato che Rosie scuotesse la testa cosí di frequente.

– Non è tanto piacevole montare un cavallo che scrolla sempre la testa, – aggiunse Lou.

Lei annuí. – Hai ragione: devo telefonare a Sheri e chiederle se l'aveva notato.

Mentre davano una veloce spazzolata al mantello della puledra per togliere polvere e sudore, Amy si sentiva felice. «Se solo le cose andassero sempre cosí» pensò guardando Lou con la spazzola in mano. Era cosí bello riuscire a condividere quelle sensazioni con lei, visto che spesso sembrava che non avessero molto in comune: Lou era sempre chiusa a lavorare in ufficio e lei stava sempre fuori. Non c'era mai tempo per chiacchierare o starsene semplicemente un po' insieme a oziare. E per una volta, notò, Lou aveva un'espressione davvero rilassata.

Terminato di governare Rosie passarono a Maddison, un cavallo da concorso che odiava salire sul trailer, e poi a Sovereign, un giovane Morgan che aveva paura del traffico.

– Lo sai, – disse Lou una volta terminato con Maddison. – Stavo pensando che mi è proprio piaciuto vederti con Rosie, oggi. Forse dovrei farmi coinvolgere di piú nella cura dei cavalli.

Amy alzò gli occhi, felicemente sorpresa. – Sarebbe fantastico.

Lou continuò con entusiasmo: – Potrei, no? Magari mi specializzo in un trattamento che tu e Ty usate poco, come l'omeopatia o qualcosa cosí. E poi c'è quella cura con i magneti, l'ho letto su una rivista specializzata: potrei diventare l'esperta di magnetoterapia di Heartland.

Amy si sentí improvvisamente a disagio. Aveva immaginato Lou che aiutava lei e Ty: non era sicura di volere un'esperta.

– Cosa ne pensi? – le chiese la sorella, vedendola silenziosa.

Dopo un istante di esitazione, la ragazza rispose: – Be', magari –. E aggiunse, un po' esitante: – Ma che ne diresti di imparare prima i trattamenti che già usiamo? Potresti aiutare me e Ty, come fa Ben.

– Ho capito, non pensi sia una buona idea, – replicò Lou in tono piatto, cambiando completamente espressione.

– È solo che è un po' presto, – rispose Amy, cercando di non urtarla. – Potresti specializzarti fra un po', quando avrai piú esperienza.

Con un'espressione ancora piú delusa, la sorella concluse: – Be', era un'idea sciocca, in effetti.

– Ma no! Mi piacerebbe solo che mi aiutassi di piú, – protestò Amy.

Lou però non sembrava ascoltarla; posò la brusca e disse, sforzandosi di sorridere: – È meglio che torni in casa, ho un sacco di cose da fare. Ma cosa mi era venuto in mente di prendermi altre responsabilità? Ho già abbastanza impegni cosí.

– Allora non hai intenzione di imparare a curare i cavalli? – chiese Amy vedendola uscire dal box.

– Sarà meglio che continuiate tu e Ty, – concluse Lou tristemente, uscendo dalla scuderia.

Amy la seguí con lo sguardo. Si sentiva un po' in colpa, ma d'altra parte le sarebbe solo piaciuto che la sorella la aiutasse con i cavalli, non che prendesse subito il sopravvento. Ma quella era la sua natura: se pensava che ne valesse la pena, Lou non riusciva a farsi coinvolgere marginalmente da un'impresa: ci si doveva buttare anima e corpo.

Con un sospiro, prese il secchiello con l'occorrente per governare i cavalli e si spostò nel box di Jake.

Aveva appena iniziato a spazzolarlo quando arrivò Jo, che la salutò con vivacità. – Ciao. Sono venuta a vedere Piuma. Come va? Sei riuscita a fare qualcosa con lui? Sta bene? – La ragazzina faceva domande a getto continuo, e prima che Amy riuscisse a risponderle, vide Jake ed esclamò con un sussulto: – Ehi! Che gigantesco Clydesdale! Come si chiama?

– Jake, – rispose Amy, cercando di dare un ordine alle risposte. – Piuma sta bene. Il veterinario l'ha controllato ieri e ha detto che non ha problemi, ma non ho ancora cominciato a lavorare con lui.

– Allora dov'è? – chiese guardandosi attorno agitata.

– Nella scuderia sul retro. Vieni, te lo faccio vedere –. Posò la spazzola nel secchio e l'accompagnò fuori.

Mentre attraversavano il cortile, Jo disse: – Mi piacerebbe proprio abitare in un posto cosí. Sei fortunata!

Amy sorrise. – Lo so. E con tua mamma, come va?

– Un incubo, – fece lei strabuzzando gli occhi. – Si sta comportando come se Piuma avesse vinto il premio per il Cavallo piú Pericoloso dell'Anno!

– Sei stata brava a non cadere quando si è impennato. Da quanto tempo monti a cavallo?

– Da quando avevo sette anni. Avrei voluto cominciare prima, ma la mamma non ha voluto. Non era tanto convinta neanche allora, ma l'ha persuasa papà.

– Perché a tua madre non piacciono i cavalli? – chiese Amy

– Perché ne è terrorizzata. Quando aveva quattro anni mio nonna ha avuto un incidente a cavallo ed è finita su una sedia a rotelle, mentre il cavallo l'hanno dovuto abbattere. Da allora non li può piú vedere. Se fosse per lei dovrei avere un hobby tipo, – fece una smorfia di disgusto, – ricamare o collezionare francobolli. Ed è peggiorata da quando si è separata da mio padre, l'anno scorso. Sembra che mi voglia continuamente proteggere –. Poi aggiunse, ancora piú abbattuta: – Non voglio farla stare male, ma non posso rinunciare a cavalcare. Adoro i cavalli e poi voglio un sacco di bene a Piuma.

Entrò nella scuderia sul retro e vide la testa grigia del suo pony affacciato alla mezza porta del box. – Piuma! – esclamò e corse verso di lui.

Piuma drizzò le orecchie e nitrí di gioia, mentre lei correva ad abbracciarlo.

– Ehi, piccolo, come va? – Lo baciò piú volte sul muso morbido, mentre il cavallo si strofinava contro di lei.

– Sembra che gli faccia piacere vederti, – commentò Amy.

– Non quanto a me, – rispose Jo stringendolo forte. – È il mio migliore amico e non mi importa quello che dice la mamma: non lo lascerò mai!

A quelle parole Amy ebbe un brivido di paura. Sperava proprio di riuscire a curarlo. Ma se non fosse riuscita? Cosa avrebbe fatto Jo?

Capitolo quarto

– Allora, com'è andata con Piuma quando lo hai montato? – chiese Soraya Martin a Amy, aiutandola a tirare fuori i libri dall'armadietto, la mattina seguente. Per tutto il tragitto sullo scuolabus fino a Jefferson High, l'amica era stata cosí impegnata a finire i compiti da non avere tempo per parlare, e quello era il primo momento in cui poteva aggiornarla sulle novità del week-end.

– Benissimo, – rispose Amy.

– Non ha cercato di impennarsi? – fece Soraya, fissando i lunghi riccioli scuri con un fermaglio.

– Per niente –. Piuma era stato addestrato molto bene e rispondeva in maniera eccellente ai comandi: era stato un vero piacere montarlo.

L'amica la guardò sorpresa. –Allora perché sabato si era comportato cosí?

– Non lo so, – ammise Amy. – È un po' strano. C'era anche Jo, ieri, e mi ha detto che è quasi sempre tranquillissimo. In realtà si è impennato solo un paio di volte, ma sfortunatamente tutte e due le volte c'era sua madre a guardarla, e cosí lei si è convinta che sia pericoloso –. Chiuse l'armadietto e si appoggiò allo sportello, aggrottando la fronte. – Ci deve essere qualcosa che lo fa comportare in quel modo, ma fino a quando non si impennerà non riuscirò a scoprire cosa sia.

– Sembra proprio che non ti resti che aspettare, – commentò Soraya.

L'amica annuí. – Il problema è che la signora Newhart mi ha dato tempo solo fino alla fine del mese. E se non migliora, lo vuole vendere.

– Povera Jo, – disse Soraya prima di entrare in aula.

– Spero solo di guarirlo in tempo.

– Sono sicura che ce la farai, – la rassicurò lei.

– Cosa sentono le mie orecchie? Heartland? Curare un cavallo? – Alle loro spalle si alzò una voce familiare. – Sarebbe una bella novità!

Amy si voltò; vicino agli armadietti era apparsa Ashley Grant, le braccia incrociate sul petto e uno sguardo scettico sotto le sopracciglia perfettamente curate, affiancata dalle amiche Jade e Brittany.

– Vieni via, – fece Soraya rivolta a Amy. – Non ne vale la pena.

Ma Amy ribatté con rabbia: – A Heartland abbiamo aiutato piú cavalli di quanto non riuscirete mai a fare a Green Briar.

Green Briar era la scuderia specializzata in Hunter dei genitori di Ashley dove, a differenza di Heartland, venivano utilizzate forza e disciplina nella preparazione «in serie» di cavalli e pony perfetti per le gare di salto ostacoli. La scuderia aveva anche un settore dedicato alla cura di cavalli con problemi di comportamento, ma anche lí si usavano metodi molto diversi da quelli di Heartland.

Ashley scrollò i lunghi capelli biondi e con un'espressione disgustata disse: – Sempre esagerata, Amy. Ma la matematica non è mai stata il tuo forte, vero? Abbiamo tre scuderie da venti box, quattro tondini di addestramento, un maneggio al coperto e un percorso di cross-country. E voi, a Heartland, cosa avete? Vediamo un po' –. Alzò la testa fingendo di concentrarsi. – Allora, una scuderia, una stalla cadente e due tondini microscopici tutti buche e dossi. Eh sí, penso proprio che abbiamo trattato qualche cavallo in piú di voi.

Amy continuò a fronteggiarla mantenendo il sangue freddo, nonostante dentro si sentisse ribollire di rabbia. – Io non ho detto *trattato*, Ashley, ho detto *aiutato*. Tu e la tua famiglia non sapete neanche cosa voglia dire la parola «aiutare».

Ashley sembrò stizzita, a riprova del fatto che le sue parole avevano colpito nel segno, ma reagí subito: – Il significato? Ah, certo, Amy.

Scusa, me n'ero dimenticata: tu sei quella che sussurra ai cavalli, no?

Le amiche di Ashley si misero di nuovo a ridacchiare, mentre Amy la incenerí con lo sguardo. Non le piaceva che si pensasse che le bastava sussurrare ai cavalli per far fare loro quello che voleva, perché non era cosí: ascoltava solo quello che i cavalli cercavano di comunicarle.
– Non sono una che sussurra ai cavalli! – esclamò con fierezza. – Non... ahi! – gridò. Soraya le aveva piantato una gomitata nel fianco e lei si voltò per chiederle cosa le saltava in mente.

Lo capí quando vide avvicinarsi Matt Trewin, uno dei suoi migliori amici nonché, con suo sommo disgusto, il ragazzo di Ashley.

Matt, scuro in volto, chiese subito cosa stesse succedendo.

– Niente, – rispose rapida Amy.

Quando lui e Ashley avevano iniziato a frequentarsi, aveva quasi perso la sua amicizia dicendogli cosa ne pensava di quella scelta. Da quel momento aveva cercato di non esprimersi, almeno non quando Matt era nei paraggi.

Anche Ashley minimizzò l'accaduto, e con un'espressione improvvisamente dolce rispose: – Stavamo solo chiacchierando –. Poi prese sotto braccio il ragazzo con aria possessiva e aggiunse: – In effetti, stavo per dare a Amy una bella notizia.

Amy colse nel suo sguardo una luce che non

faceva pensare affatto che la notizia fosse «buona», per lei, e chiese sospettosa: – E quale?

– Oh, solo che magari in futuro ci vedremo di piú. Papà ha sentito che dietro a Heartland c'è un terreno in vendita e vuole fare un'offerta. Dice che sarebbe perfetto per aumentare i nostri possedimenti: vuole costruire un centro di addestramento combinato.

– Cosa? – la fissò Amy sbigottita. – Quale terreno?

– Quello degli Young.

– Non sapevo che fosse in vendita, – esclamò Amy, pensando alle terre a est di Heartland.

– Be', perché dovrebbero dirtelo? Non è che possiate permettervi di comprarlo, no? – ribatté Ashley, fissandola con i suoi occhi di ghiaccio, come a sfidarla in presenza di Matt. – Non sarebbe carino? – tubò con voce dolce. – Saremo vicine di casa, Amy.

Matt le lanciò un'occhiata di traverso. Non era uno sciocco, e Amy sapeva che, nonostante l'apparente tregua, capiva perfettamente la situazione.

– Hai perso la voce, Amy? – riprese Ashley, nascondendo a malapena un tono di trionfo.

Amy si morse la lingua per non ribattere in malo modo: non aveva intenzione di lasciarsi coinvolgere in un battibecco di fronte a Matt, quindi rispose fredda: – No, Ashley. È solo che mi piace pensare, prima di aprire bocca. Cosa che tu fai di rado –. E, detto questo, prese Soraya sotto braccio e si voltò.

– Wow! – fece l'amica, appena girato l'angolo. – Pensavo che saresti scoppiata quando ha parlato della fattoria, e invece sei stata magnifica. Controllatissima!

Amy si fermò al distributore dell'acqua e respirò a fondo. – Ma diceva la verità? Gli Young vendono il loro terreno?

– Non lo so, – rispose scettica Soraya. – Sai com'è piena di sé Ashley. L'avresti saputo, se fosse vero.

– Hai ragione. Forse sta solo cercando di agitarmi. Non ci voglio piú pensare: vieni, che abbiamo lezione di matematica!

Tornata da scuola, Amy entrò nella scuderia dove Ty era impegnato a governare Dancer.

– Ciao, – la salutò. – Allora, com'è andata oggi a scuola?

– Come al solito, – iniziò a rispondere Amy, lottando per sistemarsi un ciuffo ribelle sulla fronte. Poi si ricordò all'improvviso delle parole di Ashley: – Non immagini cosa mi ha detto Ashley!

Sentito il racconto, Ty esclamò: – Green Briar qui vicino! Che idiozia! E comunque, sono sicuro che si saprebbe se gli Young volessero davvero vendere.

– Sí, è quello che ha detto anche Soraya. Ma

è terrificante anche solo pensarci, – concluse lei con un brivido. – Piuttosto, dimmi qualcosa di bello. Com'è andata oggi con i cavalli?

– Tutto bene, – rispose Ty, raccontandole la mattinata con Ben. – Non ho ancora lavorato con Rosie e Piuma. Pensavo di aspettare te.

Amy annuí. – Allora vado con loro nel tondino. Magari poi potremmo uscire in passeggiata con Moochie e Sundance?

– Ma certo, – rispose il ragazzo con un sorriso.

Dopo poco piú di un'ora e mezzo, i due si diressero verso il sentiero per Teak's Hill, il ripido pendio boscoso dietro alla fattoria.

– Questa mattina ha telefonato una signora per chiedere se avevamo dei cavalli da «accasare», – disse Ty. – Ne vorrebbe uno per fare solo delle passeggiate. Pensavo che Moochie potrebbe andarle bene. Vuole sapere quando può venire a vederlo, – concluse dando una pacca al cavallo.

– Dille che può venire... – Amy si bloccò: stava per dire nel week-end, ma poi si ricordò della visita del padre. – La settimana prossima, – si corresse, accarezzando pensierosa la criniera di Sundance. Era stata cosí impegnata da essersene dimenticata, ma non era possibile continuare a ignorare la cosa: ogni secondo che passava si avvicinava il momento dell'incontro.

– Stai pensando a tuo padre? – chiese Ty avvicinandosi.

Amy rispose fissando le orecchie dorate del pony. – Ma perché deve venire? Stavamo cosí bene senza di lui. La mamma non l'hai mai voluto qui; non voleva che rientrasse nelle nostre vite.

– Lo so, – disse Ty. – Ma Lou lo vuole.

La ragazza annuí lentamente. Ty aveva ragione, e lei stava facendo questo per la sorella: doveva tenerlo a mente.

Di ritorno dalla cavalcata, incrociarono Lou che rientrava dall'appuntamento in città: a giudicare della sua espressione raggiante, doveva essere andato bene.

– Allora, mi racconti tutto adesso? – le chiese, prima di smontare da cavallo.

– Sicuro, – rispose Lou. – Amy Fleming, forse stiamo per comprarci un nuovo terreno. Gli Young vendono la loro fattoria. Vieni, ti racconto tutto a cena!

Capitolo quinto

– Un maneggio! – esclamò Amy fissandola, in bilico tra l'orrore e lo stupore. – Hai in mente di aprire un maneggio?

La sorella annuí con gli occhi scintillanti, guardando alternativamente lei e il nonno. – Sí, non è un'idea brillante? Secondo me la mamma ci aveva già pensato. Ci servirà a guadagnare dei soldi per la cura dei cavalli che ne hanno bisogno, e potremmo perfino utilizzarne qualcuno di quelli che riabilitiamo. L'idea mi è venuta quando è arrivato Puzzle. Sarebbe semplicissimo: potremmo prendere altri pony come lui, guarirli e usarli per dare lezioni di equitazione.

Amy scosse la testa. – Non funziona: i cavalli che curiamo sono traumatizzati o hanno difetti fisici irrecuperabili. Per esempio, un pony come Puzzle sarà adatto solo a un lavoro poco impegnativo.

Per un attimo Lou sembrò delusa, ma poi si illuminò di nuovo e ribatté: – Allora possiamo cercare pony e cavalli meno gravi di lui. Ci sono un sacco di fiere dove si trovano cavalli che hanno solo bisogno di rimettersi un po' in forma, nutrirsi meglio ed essere piú seguiti. Comunque, questo era lo scopo dell'incontro di oggi. Avevo sentito che gli Young hanno intenzione di vendere la terra confinante con Heartland, cosí ho preso un appuntamento in banca per ottenere un prestito, almeno per l'inizio. Cosí avremmo i soldi per comprare il terreno, trovare dei cavalli, assumere un addestratore e un altro stalliere. Naturalmente dovremo dare Heartland come garanzia e preparare un *business plan* per la banca, ma...

– Vuoi dire che sei andata in banca a chiedere un prestito dando come garanzia Heartland, senza neanche chiedermelo? – la interruppe Jack.

Lou lo fissò, arrossendo di colpo. – Non pensavo che ti importasse, nonno. Hai sempre detto che lasciavi a me la parte amministrativa.

– Sí, ma non intendevo certo decisioni come questa! – esclamò lui. – Un conto è preparare un depliant o organizzare un evento per racimolare qualche soldo, un altro è mettere un'ipoteca sulla fattoria. Heartland è mia. È la mia terra.

Lou si morse il labbro e abbassò la testa, fissando il piatto. – Mi spiace, nonno. Io... volevo solo capire se era possibile. Ho fatto quello che mi sembrava meglio...

Il nonno le sfiorò la mano e disse in tono piú dolce: – Lo so, tesoro. Non sto dicendo di no. È solo che è meglio parlarne, prima di andare avanti con la cosa.

– Ma certo! – sbottò Amy, che appena si fu ripresa dallo shock si rese conto di dover dire qualcosa. – Non voglio un maneggio, qui.

– Perché no?

Vide che Lou la fissava con un'aria di sincera sorpresa e, anche se avrebbe voluto gridare tutta la sua rabbia, cercò di mantenersi calma. – Intralcerà il lavoro che si fa qui.

– Ma non è vero, – protestò Lou. – Anzi, sarà di complemento. Puoi insegnare agli allievi le terapie alternative e loro potranno aiutarti nel lavoro durante le vacanze o nei week-end.

Amy pensò per un istante a quell'eventualità. Forse avrebbero potuto avere un maneggio dove i pony erano felici e gli allievi imparavano ad ascoltare i cavalli. *Sí, ma vorrebbe dire che Heartland si ingrandisce*, ribatté un'altra vocina. *Dovremo avere piú personale, gente che va e viene continuamente. Vuoi davvero che Heartland diventi cosí?* – Non... non ne sono sicura, Lou, – disse.

– Senti, lasciami almeno preparare il *business plan*, – disse Lou. – Ci metterò quasi tutta la settimana e intanto voi due potrete pensarci su. Se decidiamo che non vogliamo andare oltre, fine del discorso.

– Okay, – disse lentamente Jack, lanciando un'occhiata a Amy. – Per te va bene? Ci pensiamo su e poi decidiamo.

Amy fece segno di sí, poi disse, aggrottando la fronte: – Senti, c'è qualcos'altro che devi sapere, Lou. Può darsi che non riusciremo ugualmente a comprare quel terreno. Questa mattina Ashley Grant mi ha detto che suo padre vuole ampliare Green Briar.

Lou alzò la testa, sconvolta. – Allora sarà meglio darsi una mossa, e andare dagli Young a dirgli che siamo interessati. Magari riusciamo a trovare un accordo prima che la cosa finisca in mano a un'agenzia immobiliare –. Guardò Amy e il nonno con gli occhi scintillanti. – So che questa cosa può funzionare! Lo so!

– Hai raccontato a Ty del progetto di Lou? – chiese Soraya a Amy il giorno dopo, in mensa.

– Sí, gli ho telefonato ieri sera.

– E che cosa ha detto?

Amy le si avvicinò, per superare il frastuono delle altre voci. – Non ne è stato molto contento, ma dice che se deve succedere, pazienza, – sospirò. – So che Lou è brava dal lato commerciale, ma a volte pensa solo a come fare soldi, senza considerare se un'idea è valida per altre ragioni.

Soraya fece un gesto comprensivo. – Dev'essere dura, per lei. Penso che stia ancora cercando di mettersi alla prova.

– Cosa vuoi dire? – chiese Amy sorpresa.

L'amica si sistemò un ricciolo ribelle dietro l'orecchio. – Be', a New York aveva un lavoro importante, prima di venire qui. Posso capire perché non si accontenti di tenere un po' di contabilità alla fattoria. Vorrà lasciare un segno, avere successo a Heartland come lo aveva in città. Specialmente visto che sta arrivando vostro padre. Vorrà che lui sia fiero di lei, no?

Amy la fissò sbalordita. – Non ci avevo pensato prima, ma forse hai ragione... – Fece una smorfia. – Vorrei solo che non se ne venisse fuori con idee simili. Non posso dire di no perché so che per lei questo progetto significa molto, ma non voglio neanche dire di sí.

– Be', magari la terra la prendono i Grant, – concluse l'amica.

– Molte grazie, – replicò Amy, alzandosi per posare il suo vassoio. – Questa non è una soluzione!

– Allora, come ti senti per l'arrivo di tuo padre? – chiese Soraya, mentre tornavano in aula.

– Non voglio pensarci –. Amy alzò le spalle e cambiò argomento. – Ben mi ha chiesto tue notizie, ieri. Voleva sapere dov'eri stata.

– Gli hai detto che avevo le prove dello spettacolo? – domandò lei con il fiato sospeso. Ultimamente era impegnata con lo spettacolo scolastico e non aveva potuto frequentare Heartland come al solito.

– No, gli ho raccontato che eri andata sulla luna, – scherzò Amy. – Cosa credi che gli abbia detto? – Scosse la testa. – Sai, mi piacerebbe proprio che voi due vi metteste insieme.

– Anche a me, – rispose Soraya. – Tu però pensa a te, con Ty. Non so proprio perché non ammettete che vi piacete e cominciate a uscire insieme come si deve.

– Non mi va, – protestò Amy. – Sai come si diventa quando si sta con qualcuno. Non voglio pensare sempre a lui, parlare di lui e stare sempre lí a preoccuparmi del nostro rapporto.

In quell'istante videro Matt e Ashley vicino al cancello della scuola. – Chissà come la prenderebbe Matt se sapesse che tu e Ty uscite insieme, – osservò Soraya. – Dopo tutto, non eri stata tu a dirgli che non volevi fidanzarti con lui per non rovinare la vostra amicizia?

– Sí, – rispose Amy imbarazzata. – Ma io non gli piaccio piú. Adesso sta con Ashley.

– Figurati se dura! Non hai visto come lo assillava stamattina, dopo biologia? Matt non sopporterà questo trattamento molto a lungo, vedrai.

– Sarà, ma per adesso sembra che vada molto bene, – disse Amy, vedendo Matt che metteva un braccio attorno alle spalle di Ashley.

Tornata a casa, Amy andò a cambiarsi e portò subito Rosie nel tondino. Erano passati solo tre giorni dalla sua prima sessione di Join-up, ma la puledra era già molto migliorata e si lasciava toccare le orecchie e infilare la cavezza. La ragazza iniziò come al solito con il Join-up, e quando Rosie si mise a seguirla docilmente le strofinò la testa e tracciando piccoli cerchi con le dita si avvicinò alle orecchie. La cavalla non si mosse e lei, cercando di respirare con calma, slacciò la cavezza. Quando gliela fece scivolare sul naso, però, Rosie trasalí leggermente. – Brava, adesso, – la rassicurò, e provò a riavvicinarla; ma tutto quel movimento era troppo e la cavalla si spostò sbuffando. – Va bene, allora vai pure, – disse Amy, alzando le braccia per farla trottare lungo il recinto. Guardandola, si ritrovò a pensare a cosa avrebbe detto Tim, il padre, sul metodo di lavoro che adottavano a Heartland. Sua madre, agli inizi, aveva praticato le terapie alternative solo per curare Pegasus, il grande campione di salto di Tim, dopo il parziale insuccesso di quelle convenzionali, ma vista la loro efficacia, in seguito ne aveva fatto il fiore all'occhiello della scuderia.

Continuò a pensare al padre. «Sarà di sicuro abituato ancora alle tecniche tradizionali, – si disse amaramente. – Non capirà affatto il nostro lavoro».

Dopo pochi giri del recinto, Rosie le fece capire che voleva di nuovo avvicinarsi a lei e questa volta, quando Amy cercò di infilarle la cavezza, rimase al suo posto e se la lasciò tranquillamente agganciare.

– Brava, piccola, – si complimentò lei contenta.

– Sta proprio migliorando.

La voce di Ty veniva da dietro le sue spalle e Amy si voltò. – Hai visto?

– Anche se continua a scuotere la testa, – commentò il ragazzo indicando la puledra.

– Lo so, – rispose Amy; ne aveva parlato con la proprietaria, che però non l'aveva mai notato.

Improvvisamente arrivò di corsa Jo-Ann, che dopo averli salutati chiese a Amy: – Hai già cavalcato Piuma oggi?

La ragazza rispose di no.

– Allora posso andare a governarlo? – chiese tutta allegra.

– Ma certo.

La ragazzina corse verso la scuderia. – È deliziosa, – commentò Ty con un sorriso.

– Sí, è davvero carina. E sta imparando bene il T-touch. Glielo fa tutte le sere, e lo massaggia con l'olio di viola odorosa. Sembra che gli piaccia molto.

– Sí, però non abbiamo ancora capito qual è il suo problema, – osservò Ty.

– No. Ma fino a quando Piuma non si comporterà male, non possiamo fare molto. Magari oggi è la volta buona, – rispose Amy.

Anche quel pomeriggio, però, Piuma fu perfetto; camminò, trottò ed eseguí al piccolo galoppo serpentine e figure a otto; Amy gli propose anche un piccolo ostacolo e lui non provò nemmeno a impennarsi.

– È come se mi leggesse nel pensiero, – disse Amy, avvicinandosi al recinto per parlare con Jo. – Mi basta pensare di cambiare direzione o passo e lui lo fa –. Gli diede una pacca sul collo. – Sei proprio un pony fantastico, Piuma –.

Il cavallo sbuffò e abbassò la testa come per annuire e Jo si mise a ridere. – Vedi, capisce anche tutto quello che dici –. Lo guardò con affetto, poi chiese: – Posso montarlo? Non lo diciamo alla mamma.

Amy scosse la testa, seppure a malincuore. – Mi spiace, ma sai cosa ha detto tua madre. Non lo monterai fino a quando non saremo del tutto sicuri che non ci siano problemi.

– Ma non è giusto! – esclamò la ragazzina. Poi, dopo avere incrociato il suo sguardo deciso, sospirò e concluse con un sospiro: – Ho cosí tanta voglia di cavalcarlo!

Piuma continuò a comportarsi perfettamente per tutta la settimana e il venerdí Amy aveva quasi perso la pazienza. – Ci restano solo tre settimane di lavoro e non sappiamo ancora perché si era impennato con Jo, – disse quella sera a Ty con aria frustrata, mentre riempivano le reti con il fieno. – E poi con mio... – quasi balbettò –... con mio padre qui per il week-end, forse non avrò molto tempo per lavorare.

– Forse potremmo far provare Jo, – propose Ty. – E vedere cosa succede.

Amy chiuse bene la rete. – Okay, magari stasera telefono alla madre e sento cosa dice.

– Ma Jo non aveva detto che andavano via per il fine settimana? – chiese Ty.

– Ah, già, è vero, me l'aveva detto. Allora la chiamerò lunedí.

Intanto entrò Lou, con un bloc-notes e una matita. – Volevo chiedervi un po' di cose.

Amy alzò di nascosto gli occhi al cielo. Da quando aveva deciso di preparare il *business plan* per la banca, Lou continuava a fare domande sul maneggio.

– Allora, quante ore pensate che possa lavorare un pony, al giorno? E di quanto foraggio ha bisogno?

Continuò a fare domande finché Amy, esasperata, fu sul punto di gridare: piú Lou parlava del maneggio, meno lei ne voleva uno lí, a Heartland.

«Ma cosa posso dire?» pensava avviandosi verso casa. Prima di entrare si voltò per lanciare un ultimo sguardo al cortile; Ben e Ty, vedendola in agitazione per la visita del padre, l'avevano tirato a lucido e avevano messo un po' in ordine. Si sentí profondamente toccata dal loro sforzo, ma mentre si toglieva gli stivali mormorò fra sé: «Come se mi importasse di quello che pensa».

Entrando in cucina incrociò il nonno, pronto a uscire a cena con Ken e Marie, una coppia di amici; si era messo una camicia verde-azzurro e dei pantaloni chiari al posto dei soliti jeans e maglione. – È meglio che mi sbrighi, – disse prendendo le chiavi del pick-up. – Lou è già da Scott. Sei sicura di non avere problemi a stare da sola?

– No, figurati, – rispose la ragazza, lasciandosi cadere in poltrona. – Divertiti.

– Grazie. Per cena c'è del prosciutto, in frigo –. Le si avvicinò e le diede un bacio sui capelli. – A piú tardi.

Quando l'auto si allontanò lungo la strada e la stanza si fece di colpo tranquilla, Amy appoggiò la testa contro lo schienale della poltrona. Non le capitava quasi mai di essere a casa da sola, la sera. Cosa avrebbe potuto fare?

Innanzitutto mangiare, decise sentendo i morsi allo stomaco.

Aprí il frigo, si preparò due panini con il prosciutto e del formaggio cremoso, li mise in un piatto e salí in camera sua. Magari avrebbe potuto fare un po' di compiti. Si sedette alla scrivania, di fronte al libro di storia, ma le parole si rifiutavano di entrarle in testa: continuava a pensare all'incontro con il padre, il giorno dopo. Dopo avere letto e riletto piú volte lo stesso paragrafo, alla fine decise di lasciar perdere.

Chiuse il libro e prese una foto della madre che teneva sulla scrivania, scattata solo qualche settimana prima dell'incidente. Era in piedi vicino al cancello, con Pegasus: il robusto purosangue grigio le stava solleticando i capelli, e lei rideva.

– Oh, mamma, – sussurrò, sfiorando la foto con le labbra. – Cosa diresti se sapessi che papà viene qui domani? Cosa mi consiglieresti di fare?

Chiuse gli occhi, ma non ci fu nessuna risposta: era sola.

Capitolo sesto

– Hai intenzione di passare il fine settimana con Ken e Marie? – esclamò Amy fissando sgomenta il nonno, la mattina seguente.

Jack annuí. – Lo sai che hanno appena traslocato, e gli farebbe proprio comodo qualcuno che li aiutasse a sistemarsi. Mi sono offerto di fargli il recinto per i cani e sarà piú semplice se mi fermo a dormire da loro.

– Ma, e papà? – chiese Lou. – Non lo vedrai nemmeno se vai via due giorni!

– Lo so, ma ci ho pensato su e credo sia la cosa migliore. Voi due dovrete avere campo libero –. Lou fece per aprire bocca, ma prima che potesse parlare il nonno riprese: – Ho deciso, e non ho intenzione di cambiare idea.

Lou vide la sua espressione decisa e disse, seppure riluttante: – Va bene. Se pensi che sia la cosa giusta da fare...

Il nonno annuí. – Credimi, lo è –. Quando salí in camera sua a preparare la borsa, Lou prese uno strofinaccio e si mise a pulire il tavolo. – Dobbiamo sistemare un po' la cucina, prima che arrivi papà, – disse.

Amy però, afferrato in fretta il giaccone appeso alla porta, uscí in cortile. Forse tenendosi occupata sarebbe riuscita a calmare i crampi allo stomaco.

Poco prima delle dieci, Amy lasciò Ty e Ben alle prese con i lavori della scuderia e rientrò controvoglia in casa. Salí a farsi una doccia e quando scese in cucina vide la sorella in attesa, dietro alla finestra; aveva pulito tutto a fondo e posato sul tavolo un vasetto con dei fiori freschi.

Non sapendo cosa fare, si sedette a tavola; si sentiva sul punto di scoppiare per la tensione e non riusciva a stare ferma. Prese a strusciare un piede sul pavimento ma non le bastò, cosí cominciò a tamburellare le dita sul tavolo.

– Amy! Smettila! – La sorella si voltò tutta tesa ma poi, vedendola sussultare, disse con un sospiro: – Scusami, sono solo un po' nervosa.

– Sí, anch'io –. Amy si alzò in piedi e si mise a camminare su e giú per la cucina, con lo stomaco sempre piú contratto. Si sentiva come travolta da un'ondata di panico.

«Non voglio essere qui, – pensava, – non voglio che lui venga qui».

Ma era troppo tardi, perché Lou gridò eccitata: – Eccolo! – precipitandosi verso la porta.

Amy la seguí con il cuore impazzito.

Una Lexus grigio metallizzato si era appena fermata in cortile e ne stava uscendo un uomo alto e brizzolato.

– Papà! – fece Lou senza fiato.

Per un istante Amy pensò che gli avrebbe stretto le braccia al collo, ma all'ultimo momento qualcosa sembrò fermarla. – Ciao, – disse soltanto, fermandosi davanti alla macchina.

– Lou, – la salutò Tim e si diresse verso di lei, scuotendo la testa come meravigliato. – Che bello vederti! – disse con il suo accento britannico, prendendole le mani – Accidenti, come sei cresciuta –. Poi alzò gli occhi e incontrò quelli di Amy. – Amy?

Lei annuí, desiderando essere da un'altra parte, da qualunque altra parte. Poi Tim andò verso di lei, continuando a fissarla; tese le mani per stringere le sue, ma ci rinunciò perché lei continuava a tenerle infilate nelle tasche del giaccone. – Non posso credere che sia tu, – disse senza toglierle gli occhi di dosso.

«Forse perché non mi vedi da dodici anni» pensò, ma si trattenne e alzò le spalle. – Eh, sí.

Tim era cambiato molto rispetto alle foto; la pelle abbronzata era solcata da rughe profonde e gli occhi grigi sembravano come offuscati.

– Entriamo a bere qualcosa? – chiese Lou avvicinandosi.

– Ma certo, perfetto, – rispose lui.

Amy li seguí in cucina, e mentre Lou preparava tazze e bicchieri, Tim si mise a guardare le fotografie appese alle pareti. – Mi ricordo di quel giorno, – disse indicando una foto con Marion scattata a un campionato internazionale di salto ostacoli a Hickstead.

«Non toccarla!» avrebbe voluto gridare Amy.

– Tua madre era un'eccellente saltatrice, – disse Tim voltandosi verso di lei.

– Lo so, – gli rispose freddamente. – Me l'ha detto il nonno.

– Dov'è Jack? – chiese il padre.

– È dovuto andare via per il fine settimana, – rispose Lou in fretta. – Doveva... doveva aiutare degli amici a fare dei lavori.

Tim sospirò. – E non voleva vedermi.

Lou, alle prese con la caffettiera, protestò: – Non è cosí. Dei suoi amici hanno appena traslocato e...

– Non c'è problema, Lou, – la interruppe il padre. – Non devi cercargli delle scuse: posso capire che Jack non voglia vedermi.

– E non ha tutti i torti! – scattò Amy quasi senza rendersene conto.

– Amy! – la fulminò la sorella.

Lei abbassò subito lo sguardo al pavimento con aria ribelle, ma non le sfuggí l'occhiata che le lanciò il padre. Dopo un terribile istante di silenzio, si schiarí la gola e chiese a Lou se avesse bisogno di una mano per preparare il caffè.

– No, grazie. È quasi pronto, – rispose lei.

Amy notò il suo tono irritato e, rendendosi conto di esserne la causa, si rimproverò mentalmente. Perché non era riuscita a mordersi la lingua? Non voleva farle del male. – Ti aiuto io, Lou, – si offrí.

La sorella, leggermente piú addolcita, la ringraziò, poi riempí la prima tazza e con un sorriso chiese al padre: – Macchiato con un cucchiaino di zucchero, no? Mi ricordo come ti piace.

– Veramente, – disse Tim appoggiando la mano sulla tazza, – va bene senza latte.

– Ah, certo, – rispose lei, leggermente delusa.

Nella cucina calò di nuovo il silenzio, questa volta rotto da Lou: – Quando hai telefonato, a Natale, hai detto che avevi appena avuto un bimbo. Hai... hai portato qualche foto?

– Sí, certo, – fece il padre; poi, con un sorriso, aprí il portafoglio e ne estrasse con aria orgogliosa la fotografia di una bambina dai capelli castano chiaro. – Si chiama Lily.

– Che dolce, – commentò Lou tranquilla.

Tim si voltò verso Amy. – È proprio come te, alla sua età.

La ragazza prese la fotografia e la fissò: era incredibile pensare che quella fosse sua sorella. La posò sul tavolo senza dire una parola.

– E questa è di voi due quando eravate piccole, – continuò il padre, mostrando una foto in cui le sorelle giocavano sulla spiaggia. Amy aveva circa tre anni, Lou undici. Amy ne aveva vista una simile nell'album di casa. – La porto sempre con me, – concluse lui calmo.

Calò ancora una volta il silenzio, finché Tim si schiarí la voce e, riponendo le foto nel portafoglio, chiese: – Allora... allora, Amy, come va la scuola?

– Bene, – borbottò la ragazza, con la testa in tumulto.

Tim rimase invano in attesa che aggiungesse qualcosa, poi annuí. – Bene –. Si schiarí di nuovo la voce e si rivolse a Lou. – Nella tua lettera avevi scritto che lavoravi a Manhattan.

– Sí, lavoravo alla Citibank, – rispose lei come uscendo da uno stato di trance. – Dopo Oxford ho fatto un dottorato e poi ho trovato lavoro a New York. Ci lavoravo da un anno quando la mamma... – esitò un istante, – la mamma è morta.

Tim annuí: – Allora hai mollato tutto e sei tornata qui.

– Sí. All'inizio non ero sicura di avere fatto la cosa giusta; mi piaceva la vita frenetica di città... – Mentre parlava, aveva gli occhi lucidi per l'emozione.

– Ti capisco, – disse il padre, anche se Amy, dal tono, ebbe l'impressione che volesse solo essere gentile, ma che non fosse del tutto d'accordo con lei.

– A ogni modo, – continuò Lou, – adesso mi

occupo dell'amministrazione di Heartland. E poi sto preparando un *business plan* per aprire un maneggio, se riesco a ottenere un prestito dalla banca per comprare il terreno che ci serve.

– Veramente non abbiamo ancora deciso del tutto, – puntualizzò subito Amy, che continuò a rivolgersi a Lou, anche se sentiva lo sguardo del padre su di sé. – Il nonno non ha ancora detto di sí.

– Ma lo dirà, – ribatté Lou, rivolgendole uno sguardo inequivocabile: non era il caso di fare storie. – Comunque è una gran cosa, sai? – disse sorridendo al padre.

– Certo, – rispose lui, aggrottando leggermente la fronte. – Ma avevo capito che la vostra occupazione principale era il recupero dei cavalli.

– Sicuro, ma per mandare avanti un centro del genere ci vogliono un sacco di soldi, e il maneggio sarebbe la soluzione perfetta, – ribatté Lou.

– Non sono tanto convinto che un maneggio porti molti soldi, – continuò il padre, dubbioso. – Non sono molto vantaggiosi economicamente. Sei sicura che sia una scelta azzeccata?

– Sí, – rispose lei seccamente.

– Lou ha ragione –. Nonostante i suoi dubbi a proposito del maneggio, Amy non poté fare a meno di intervenire in difesa della sorella, specialmente dopo avere notato il suo sguardo ferito. – Naturalmente ha pensato a tutti i dettagli, altrimenti non l'avrebbe proposto.

Lou la guardò sorpresa ma le sorrise grata, mentre Tim annuí un po' a disagio, senza aggiungere altro.

Amy si alzò di colpo, incapace di sopportare la tensione nella stanza. – Vuoi dare un'occhiata alla scuderia?

Il padre si alzò di scatto, visibilmente sollevato. – Sarebbe fantastico.

Attraversando il cortile, Amy pensò a quell'incontro: non stava andando proprio come se l'era immaginato. Aveva pensato che lui e Lou si sarebbero messi a parlare ininterrottamente dei vecchi tempi, ma non era successo. C'era solo una parola adatta a descrivere l'atmosfera: «imbarazzo».

– Allora, quanti cavalli avete? – chiese Tim seguendole verso la scuderia principale.

– Diciotto, – rispose Amy. – Otto da recuperare, otto a pensione, piú il mio pony Sundance e Red, quello laggiú –. Indicò il grande purosangue castano affacciato alla mezza porta del box. – È di Ben, uno dei due stallieri.

– Ciao, bello, – disse Tim allungando una mano verso il purosangue, che abbassò la testa e gliela annusò. – Sei un gran bel cavallo, vero?

Anche se non voleva essere troppo gentile con il padre, Amy non poté fare a meno di commentare: – Bello, vero? È un incrocio fra un purosangue e un Hannover. Ben lo fa gareggiare negli High Prelim, ma visto come salta cambierà categoria molto presto.

In quell'istante, Ben uscí dalla selleria e vedendoli accanto al suo cavallo si avvicinò.

Lou lo presentò al padre e i due si strinsero la mano.

– Stavo ammirando Red, – disse Tim. – Ha proprio l'aria di un campione. Amy mi ha detto che fai gare di salto.

– Sí, – rispose il ragazzo, felice per i complimenti al suo cavallo. – Ce l'ho da quando aveva tre anni, l'ho addestrato io e da allora l'ho sempre seguito personalmente.

– Buon per te. Mi fai vedere come vai, piú tardi? – gli chiese.

– Ma certo! – rispose lui entusiasta. – All'ora di pranzo metto su qualche ostacolo.

Amy lo guardò sorpresa: perché Ben era cosí eccitato? All'improvviso, tutto si chiarí: ai suoi occhi suo padre era il famoso Tim Fleming, campione olimpionico di salto ostacoli, vincitore di gare in tutto il mondo. Era logico che fosse contento che lo guardasse saltare con Red.

In quell'istante arrivò anche Ty.

– Allora, da quanto lavori qui? – gli chiese Tim, dopo avergli stretto la mano.

– Da tre anni.

– Mi devi raccontare tutto del lavoro che fai, – continuò. – E anche tu, Amy. Da qualche anno mi sto interessando ai rimedi naturali. Sarebbe fantastico scambiare qualche dritta e imparare qualcosa di nuovo.

Amy lo guardò sospettosa, ma le sembrò che fosse sincero.

– Certo, – replicò il ragazzo. – Posso andare avanti tutto il giorno a parlare delle nostre tecniche, se le interessa.

Tim sorrise. – Magnifico –. Poi si guardò intorno e chiese: – Mi fate vedere gli altri cavalli?

Proseguendo lungo il cortile, Amy si sentí leggermente piú rilassata; far conoscere i cavalli al padre era decisamente meglio che stare seduti in cucina. E anche lui sembrava piú rilassato e, dovette ammettere, molto bravo nel trattarli: non imponeva loro la sua presenza ma aspettava fino a quando non decidevano loro di salutarlo. A quel punto gli strofinava dolcemente il collo mormorando qualche parolina, e tutti rispondevano, senza eccezione.

Amy si sorprese nel vedere che perfino Rosie piegava la testa e si lasciava grattare la fronte. Per qualche ragione non si era aspettata che il padre fosse cosí bravo con i cavalli, anche se non era strano, visto che aveva trascorso tutta la vita in mezzo a loro. Il fatto era che lei era cresciuta pensando a lui come a un'antitesi di sua madre, in tutto.

– Avete altri box? – chiese l'uomo, uscendo dalla scuderia e incamminandosi verso i paddock.

– No, – rispose Amy, sorpresa. Dal suo tono di voce sembrava che avesse sperato di vederne di piú.

– Capisco –. Tim accarezzò per un po' Maddison e Sovereign, che si erano avvicinati in cerca di qualche ghiottoneria, poi chiese: – Cosa... cosa ne è stato di Pegasus?

In effetti non sapeva che Pegasus, il suo adorato compagno di vittorie, era morto. Amy ripensò alle parole della madre: *Penso che sia stata una delle cose che hanno fatto soffrire di piú tuo padre, dopo l'incidente. Non sopportava l'idea di averlo ferito cosí gravemente.*

– Mmm... – cominciò incerta, voltandosi verso la sorella in cerca d'aiuto.

– È morto a ottobre, – disse lei avvicinandosi. – Abbiamo dovuto sopprimerlo: aveva un cancro.

Tim rimase immobile, in silenzio, per un istante. – A ottobre. Sono in ritardo di quattro mesi per vedere il mio ragazzo.

Amy capiva cosa stava provando. Pegasus era stato il cavallo della sua vita, quello che si amava per sempre. Guardò la sorella, ma si rese conto, dalla sua espressione tesa, che lei non poteva capire. – Sí, temo proprio di sí, – disse soltanto.

Tim non sembrò cogliere il tono freddo delle sue parole. – Avevo sperato... – Si interruppe, con gli occhi puntati sui campi davanti a sé, poi scosse la testa e si voltò. – Mi è venuta un'idea. Perché non ce ne andiamo a fare una bella cavalcata? Sarebbe come ai vecchi tempi.

Amy corse con lo sguardo alla sorella, che subito rispose: – Io... io non monto piú a cavallo.

Il padre aggrottò la fronte. – Come, non monti piú? E da quando?

– Dall'incidente, – rispose Lou, fissando il terreno davanti a sé.

– Dal mio incidente? – ripeté lui, guardandola a sua volta. – Lou, dimmi che non è vero! – La ragazza annuí, mentre Tim esclamava: – Ma se hai imparato a cavalcare ancora prima di camminare! Lou, ti sei spaventata per quello che mi è successo?

– No! – La ragazza alzò lo sguardo, con le guance in fiamme.

– È stato un incidente, Lou. Nient'altro. Un incidente, ed è stata colpa mia.

– Non ho paura! – gridò lei.

Improvvisamente si sentí lo squillo del telefono e Lou, evidentemente sollevata, si mise a correre verso casa. – Vado a rispondere.

– Lascia, ci vanno Ben o Ty! – le gridò Amy, senza riuscire a fermarla.

– Penso di averla offesa, – disse Tim.

– È che non le va molto di cavalcare.

– Ha paura?

– Non... non penso. O almeno, non l'ha mai detto.

Tim sospirò. – Vado da lei –. E si avviò verso casa, seguito da Amy.

Lou aveva appena posato il telefono. – Era un potenziale cliente, – disse subito. E come se nulla fosse, si mise a lavare le tazze con aria efficiente. – Dovremo pensare al pranzo. C'è l'arrosto del nonno oppure le lasagne che ho preparato ieri, potrebbero...

– Lascia perdere, Lou, – la interruppe il padre. – Mi spiace di averti fatta restare male, ma è stato un tale shock. Ti piaceva cosí tanto cavalcare.

– Una volta, – rispose lei secca, e prima che lui potesse ribattere, alzò la mano e disse: – Per favore. Non ne voglio parlare, davvero. Allora, – domandò aprendo il frigorifero, – cosa vi preparo per pranzo?

Capitolo settimo

Grazie alla presenza di Ben e Ty, a pranzo l'atmosfera si alleggerí; Tim si mise a chiacchierare amabilmente di cavalli, e Amy si sentí leggermente piú ben disposta nei suoi confronti. Forse la giornata non sarebbe stata cosí drammatica come se l'era immaginata.

Quando però, dopo il caffè, i due ragazzi tornarono al lavoro, la cucina si fece improvvisamente silenziosa e la ragazza iniziò ad agitarsi nervosamente sulla sedia, desiderando solo lasciare la cucina.

– Bene, – fece Tim, un po' a disagio. – Eccoci qui.

– Sí, eccoci qui, – fece eco Lou, mentre Amy contava mentalmente i punti del centrino all'uncinetto.

– Papà, posso chiederti una cosa? – disse improvvisamente Lou.

– Ma certo, dimmi, – rispose lui, appoggiandosi allo schienale della sedia.

La ragazza si mise a giocherellare con un petalo caduto dal vaso, poi alzò lo sguardo e gli chiese: – Perché non sei mai tornato a cercarmi? Lo sapevi in che college studiavo, in Inghilterra. Anche se non volevi vedere la mamma, perché non sei venuto a trovare me?

– Sei rimasta a scuola in Inghilterra? – Tim la fissò sconvolto.

– Non lo sapevi? – sussurrò lentamente Lou.

– No. Ero sicuro che fossi venuta qui con tua madre.

La ragazza scosse la testa. – Sono rimasta al college perché ero sicura che saresti tornato a cercarmi. Ho voluto stare là perché tu mi potessi trovare.

– Non l'avevo capito, – balbettò Tim. – Ho scritto a vostra madre l'anno dopo il suo trasferimento qui, perché volevo sapere come stavate. Lei mi ha risposto, ma non mi ha mai detto che tu eri ancora in Inghilterra.

– Non te l'ha detto? – ripeté Lou turbata. – Ma perché?

Tim scosse la testa. – Non lo so. Forse non voleva che mi mettessi in contatto con te. Tua madre aveva le sue debolezze, come chiunque altro.

– No, non è vero! – saltò su Amy tutta agitata. – La mamma non avrebbe fatto del male a Lou solo per vendicarsi di te!

– Amy, – fece subito Tim con aria pentita, allungando una mano verso di lei.

Ma Amy la scostò con un gesto furente e gridò con rabbia, alzandosi in piedi: – E non osare dire una parola contro la mamma! Sei tu quello che se n'è andato!

– Lo so, lo so. Stavo solo cercando di aiutare Lou a capire. Non volevo ferirti. Mi spiace.

Amy avrebbe voluto tirargli addosso il vaso di fiori, ma di fronte all'espressione sconvolta della sorella si trattenne. Non avrebbe guastato la giornata di Lou, non era giusto. – Bene, – disse solo, cercando di mordersi la lingua.

– Qualcuno vuole bere qualcosa? – intervenne Lou per calmare le acque.

– Grazie, per me un bicchiere d'acqua, – rispose il padre.

– E tu, Amy?

La ragazza scosse la testa. Avrebbe anche potuto sforzarsi di non perdere la pazienza, ma decise che non aveva intenzione di passare un solo minuto di piú in compagnia del padre, quindi uscí dicendo: – Vado a dare una mano a Ty e Ben.

Attraversò il cortile con passo deciso e si fermò vicino alla selleria. Ma non era nelle condizioni mentali per lavorare con i cavalli e neanche per governarli, quindi si diresse nel locale del foraggio e cominciò a riempire le reti per il fieno con tutta la forza che aveva in corpo. «Lo odio, lo odio, lo odio» continuava a ripetersi, ripensando alle parole del padre.

– Allora, cosa c'è?

Sentendo la voce di Ty, si voltò. – Non voglio parlarne, – rispose, faticando a trovare le parole.

– Di tuo padre?

– E di chi, se no? – ribatté.

Ty le si avvicinò, ignorando il brusco tono della risposta. – Prima mi è sembrato che andaste piuttosto d'accordo.

– Bene, ti sei sbagliato! – gridò quasi lei, ma poi, vedendo la sua espressione accigliata, aggiunse, passandosi una mano fra i capelli: – Senti, scusa. Non me la volevo prendere con te. È per una cosa che ha detto. Ho bisogno di stare un po' da sola –. Cercò di sorridere. – Magari mi basta maltrattare ancora un po' questo fieno.

Il ragazzo annuí con aria comprensiva e le strinse il braccio. – D'accordo, – aggiunse poi, fissandola con i suoi occhi verdi. – Ma se hai bisogno di parlare, sai che io ci sono.

– Lo so, – rispose lei con gratitudine, sentendosi invasa da un piacevole calore. – Grazie, Ty, – gli gridò poi alle spalle.

E lui, voltando la testa, rispose con un sorriso: – Sempre.

Dopo avere riempito le reti, Amy andò a ripulire dal fango secco le coperte che i cavalli usavano all'aperto. Era un lavoro faticoso e ben presto si ritrovò sudata e rossa in faccia, ma alla fine si sentí molto meglio; non le importava piú quello che aveva detto il padre: in fondo si fermava solo per il fine settimana, e poi non l'avrebbe mai piú rivisto.

Stava appendendo l'ultima coperta quando udí dei passi nel cortile; poi, sentendo la voce di Lou che la chiamava, uscí.

– Papà sta andando via, – disse la sorella.

– Ma torno domani. Voglio vederti cavalcare, – fece lui e, visto che Amy si era limitata a un cenno del capo, aggiunse: – Volevo chiedertelo a pranzo: partecipi a qualche gara?

– Sí, – rispose lei seccamente. – Ne avrei avuta una domani –. Si sforzò di non aggiungere che sarebbe stato mille volte meglio che passare la giornata con lui.

Tim sorrise. – Accidenti! Quando ero piú giovane non avrei perso una gara per niente e nessuno al mondo.

Amy si trincerò dietro il suo mutismo finché lui ruppe il pesante silenzio. – Bene, ora è meglio che vada.

– Vieni che lo accompagniamo, – fece Lou con uno sguardo che non ammetteva repliche, e le sorelle si avviarono con il padre verso l'auto.

– Va bene se vengo per le dieci? – chiese Tim aprendo la portiera.

– Perfetto, – rispose Lou.

Per un istante sembrò che volesse abbracciarla, ma alla fine disse soltanto: – A domani, allora.

– Non vedo l'ora che arrivi lunedí! – esclamò Amy quando l'auto scomparve lungo la stradina. – Non è che te lo puoi portare da qualche parte? O magari io vado al concorso ippico. Tanto non serve che ci rivediamo.

– Sí, invece, – ribatté decisa Lou. – Avete bisogno di conoscervi meglio.

– Se continua a dire quelle cose sulla mamma, non penso di averne voglia, – mormorò la sorella.

Lou sospirò. – Amy, lo so che non è stata una giornata cosí perfetta come ce l'eravamo immaginata...

– Come *tu* te l'eri immaginata, – la corresse prontamente, e aggiunse: – E come mai non è stata perfetta neanche per te?

– Già, non è stata proprio come me l'ero immaginata, ma non importa, – ammise imbarazzata. Poi aggiunse, piú vivacemente: – Le cose andranno meglio, lo sento. Abbiamo solo bisogno di piú tempo per ritrovarci –. Guardò Amy con aria implorante. – Per favore, dobbiamo provarci.

Amy la guardò per un istante, poi si arrese: – Okay, okay, se la cosa ti fa piacere, domani rimango qui.

La mattina seguente, mentre Amy stava riempiendo il secchio di Jake alla fontanella nel cortile, arrivò la macchina del padre.

Subito si aprí la porta sul retro di casa e ne uscí Lou. – Sei in anticipo, – disse. – Sono solo le nove e mezzo.

Tim sorrise. – Non vedo perché rimanere da solo in albergo quando posso stare qui con voi due –. Alzò una mano in direzione di Amy e la salutò.

La ragazza fece per lanciargli un'occhiata di traverso, ma per non offendere la sorella si sforzò di sorridere. – Ciao, – disse gelida.

– Hai fatto colazione? Vuoi qualcosa da mangiare o da bere? – chiese Lou.

– Solo un caffè. In albergo c'era un'abbondante colazione a buffet.

– Entra, allora, – disse lei, e lanciando uno sguardo in direzione della sorella chiese: – Vieni anche tu?

Amy scosse la testa. – No, non posso: ho un sacco di cose da fare –. Poi, vedendo l'espressione contrariata di Lou, aggiunse in fretta, cercando di ignorare il senso di colpa che la stava assalendo: – Ben è andato al concorso e non posso certo lasciare Ty da solo.

– Se c'è cosí tanto da fare posso anche saltare il caffè, – disse subito Tim. – Magari vengo a darti una mano.

Amy si affrettò a scuotere la testa: non era certo quello che voleva. – No, no, non preoccuparti...

– Ma figurati, non c'è problema. Dimmi solo

cosa devo fare –. Le si avvicinò con un sorriso. – A dire la verità, mi piacerebbe moltissimo. Quando sono in giro per lavoro mi manca proprio la mia fattoria –. Gettò un'occhiata a Lou e le chiese: – Vieni anche tu a dare una mano?

La ragazza sembrò esitare un istante, ma alla fine disse di sí e tornò in casa a cambiarsi.

– Allora, cosa vuoi che faccia? – chiese Tim a Amy.

Lei deglutí, nervosa; in realtà non c'era poi cosí tanto da fare, perché in previsione dell'assenza di Ben, Ty era arrivato piú presto del solito e aveva quasi finito di ripulire i box dal letame e spazzare il cortile.

Pensando che esitasse a proporgli qualche lavoro pesante, Tim disse: – Non mi tiro indietro, sai: non mi importa se c'è da spalare il letame o lavare i secchielli.

– Magari puoi governare un paio di cavalli, – rispose lei con voce incerta.

– Ma certo. Dimmi quali.

Quasi tremando, Amy lo accompagnò verso la selleria. Era sicura che il padre, abbastanza esperto nella gestione di una scuderia, si sarebbe accorto che quella del lavoro era solo una scusa per non stare con lui. «E allora, anche se lo ha capito? – pensò. – Cosa me ne importa di quello che pensa?»

Ma è stato carino a offrirsi di aiutare disse una vocina dentro di lei.

Ma Amy la ignorò. – Qui c'è tutto l'occorrente. Puoi prendere Rosie e Jake, la puledra Appaloosa e il Clydesdale.

Il padre annuí e le chiese quali fossero le loro cavezze.

– Sono appese fuori dai box, – rispose lei. Poi aggiunse, aggrottando la fronte: – A Rosie è meglio che la metta io. È venuta qui proprio per guarire dalla paura che le tocchino la testa e per adesso si è abituata a lasciarsela infilare solo da me e da Ty.

– Bene, se pensi che sia pronta, ci posso provare anch'io, – si offrí lui, guardando la puledra. – Dovrà pure abituarsi anche ad altra gente, no? Allora, posso provare?

Amy avrebbe tanto voluto dirgli di no: Heartland era sua, e di sua madre, e non voleva che lui avesse niente a che fare con il trattamento dei cavalli. Ma come dirglielo?

– Non mi preoccupo se si impenna o ha qualche reazione del genere, – aggiunse lui.

– Va bene, – finí per acconsentire lei, controvoglia, incapace di trovare una scusa plausibile.

I due si avvicinarono a Rosie, che come al solito era in piedi, con la testa leggermente abbassata e gli occhi socchiusi. – Sta bene? – chiese Tim.

– Sí, fa sempre cosí, – rispose la ragazza, tesissima.

– Per me ha qualcosa che non va.

– No, no, sta bene, – replicò lei.

Sembrò che Tim volesse obiettare qualcosa, ma disse solo: – Scusa, naturalmente tu conosci i tuoi cavalli meglio di chiunque altro.

Amy annuí, anche se si sentiva leggermente in colpa: non poteva negare che in effetti la calma eccessiva di Rosie poteva non essere solo un suo tratto caratteriale, e che forse c'era qualcosa che non andava.

Tim staccò la cavezza dalla porta ed entrò nel box. Nel vederlo entrare, la puledra arretrò leggermente. – Brava, ragazza, – le disse dolcemente. – Sei bella, sai? – Poi si fermò allungando una mano, in attesa che lei si avvicinasse. Rosie soffiò piano, quindi piegò la testa e gliela annusò.

– Adesso vediamo un po' questa cavezza –. Continuò a sussurrare qualche parola, alzò con calma ma con gesto sicuro il paranaso e allacciò la testiera dietro alle orecchie.

Amy seguí la scena con i nervi tesi, in attesa che la puledra si ribellasse, ma Rosie arretrò solo leggermente e rimase calma. – Brava, ragazza, – si congratulò alla fine Tim, e voltandosi verso Amy chiese: – Dicevi che non si lascia toccare la testa?

Amy annuí.

– Allora hai fatto un lavoro magnifico.

La ragazza sentí un impeto d'orgoglio, che però soffocò immediatamente. «Non ti importa di quello che pensa» si impose decisa, quindi disse in fretta: – È meglio che vada a continuare i lavori –. E corse via.

Dopo avere governato Sundance, Amy andò a cercare Lou per farsi aiutare con Blackjack e Crispin. Non trovandola da nessuna parte, chiese notizie a Ty. – Ha detto che aveva del lavoro da finire in ufficio, – rispose il ragazzo.

Entrò in casa perplessa: perché Lou stava rinchiusa in ufficio mentre il padre era fuori a lavorare? Non voleva passare tutto il tempo possibile con lui?

Ty aveva ragione: Amy trovò Lou in ufficio, impegnata al computer.

– Cosa ci fai qui, Lou? – le chiese sorpresa.

– Lavoro, non vedi?

– E papà?

– Cosa importa! Mi sembra contento di stare fuori ad aiutare te, – rispose lei in tono secco.

– Lou, cosa c'è?

– Niente –. Poi aggiunse: – Senti, Ty mi ha detto che non c'era poi tutto quel lavoro da fare, cosí ho pensato di venire a finire il *business plan*. Tutto qui. Non è successo niente. Vi rivedrò quando avrete finito con i cavalli –. Tornò a concentrarsi sul computer, facendo chiaramente capire che la conversazione era terminata.

Amy la guardò esitante. Nonostante lo negasse, era ovvio che qualcosa l'aveva messa di cattivo umore. Tuttavia, vedendo che non intendeva parlarne con lei, con un'alzata di spalle tornò in cortile.

Poco dopo portò Rosie nel tondino di addestramento per lavorare ancora sul suo problema, visto che né lei né Ty erano riusciti a capirne la causa. Come al solito iniziò la sessione con il Join-up; stava camminando lungo il recinto seguita dalla puledra, quando vide che il padre la stava osservando, appoggiato al cancello. – È fantastico. Si chiama Join-up, no?

– Sí, – rispose la ragazza, molto stupita che conoscesse la tecnica.

– L'anno scorso, in Inghilterra, ho visto uno che la praticava, – puntualizzò lui, notando la sua sorpresa. – A casa ho un paio di pony di due anni e l'anno prossimo ho intenzione di domarli con quel metodo –. Poi aggiunse con un sorriso: – Stavo proprio parlando con Ty delle terapie che usate qui. State facendo un gran bel lavoro: prendere cavalli che hanno dei problemi, curarli e dargli una nuova casa. È un peccato che nel mondo non ci siano altri posti come Heartland.

Amy lo guardò, combattuta. Come poteva odiarlo, quando diceva cose cosí?

Poi il padre chiese, indicando la puledra: – Allora, come hai fatto a guarirla dal problema di non lasciarsi toccare la testa?

– Te lo faccio vedere, – rispose lei, contenta di tornare a parlare solo di cavalli.

Ormai aveva conquistato pienamente la fiducia di Rosie, che si lasciava toccare testa e orecchie, esclusa una piccola zona vicino alla cicatrice. Ricominciò quindi con il Join-up finché, dopo una decina di minuti, la puledra decise di lasciarsi toccare anche in quella zona.

– Visto? – Amy si fermò per vedere se il padre aveva capito come funzionava il lavoro di contatto.

Tim annuí. – Sí, uso gli stessi principi in addestramento. «Premia il comportamento che vuoi, ignora quello che non vuoi». Li usavo anche quando facevo i concorsi –. Poi, sorpreso dall'espressione della figlia, le chiese: – Perché? Pensavi che mi mettessi a frustare i cavalli prima di saltare gli ostacoli? – La vide arrossire e scosse la testa. – Amy, hai conosciuto Pegasus. Riesci a immaginare quel che avrei potuto fare con lui se avessi cercato di usare la forza? Era un cavallo magnifico. Se gli chiedevi di fare qualcosa ti dava tutto se stesso, ma se cercavi di obbligarlo, – continuò con un sorrisino, – era facile finire per terra.

– Ha sempre fatto cosí, – disse lei sentendo gli occhi riempirsi di lacrime, – fino alla fine.

Tim si schiarí la voce. – Allora... come è morto? Mi hai detto che aveva un cancro, ma come è successo?

– È stato dopo l'incidente della mamma –. Amy deglutí. – È stato... è stato bene per qualche mese, poi si è reso conto che lei non sarebbe piú tornata. Ha smesso di mangiare, è diventato sempre piú debole e... – Fece un profondo respiro. – E abbiamo dovuto sopprimerlo –. Cercando di ricacciare le lacrime, alzò lo sguardo e vide che anche il padre era emozionato.

Tim si passò una mano sulla fronte. – Ti manca tanto?

– Non riesco neanche a dirlo, – sussurrò lei, sforzandosi di parlare nonostante il nodo alla gola.

– Anche a me, – disse il padre fissandola intensamente. – Sono dodici anni che mi manca.

Anche lei lo guardò negli occhi, colpita da un'improvvisa rivelazione: suo padre era l'unica persona al mondo che potesse capire come si sentiva. Aveva amato quel cavallo grigio quanto lei.

– Se... se ti va ti faccio vedere dove l'abbiamo sepolto, – sussurrò alla fine.

Appena pronunciate quelle parole, se ne pentí. La tomba di Pegasus era un posto molto speciale, per lei.

Ma ormai era troppo tardi, perché lui stava già rispondendo con calma: – Sí, mi piacerebbe molto, grazie.

– Porto solo Rosie al pascolo.

Si avvicinò ai paddock in preda a un turbine di pensieri. Stava per portare il padre sulla tomba di Pegasus; cercò di ripescare tutta la rabbia che aveva provato nei suoi confronti, ma non riuscí a trovarla.

E allora, come si sentiva?

«Non lo so» pensò confusa.

Raggiunto il recinto del paddock, sganciò la cavezza e lasciò che la puledra corresse lungo il ruscello che lo attraversava fino all'erba fresca sotto i salici.

– Le piace sempre andare là, – disse a Tim.

– È pazzesco come i cavalli abbiano i loro posti preferiti per mangiare, – commentò lui sorridendo. – Magari pensa che in quel punto l'erba sia piú buona.

Amy avrebbe voluto restare lí a parlare di Rosie, ma si rese conto che il padre era impaziente e che non poteva piú tirarsi indietro. – Il posto di Pegasus è laggiú.

Capitolo ottavo

Tim la seguí lungo la stradina verso quello che era stato il paddock di Pegasus. Al centro del prato, verdissimo dopo le piogge invernali, c'era una piccola quercia, che si stagliava contro il cielo con i teneri germogli che spiccavano sugli esili rami.

Amy aprí il cancello e si avvicinò all'albero, davanti al quale, su un grande cumulo di terra, stava spuntando una tenera erbetta.

In silenzio, Tim si inginocchiò a terra e allungò una mano verso la tomba di Pegasus.

– Mi ricordo che quando eri piccola, – disse poi rialzandosi, – quando io, la mamma e Lou andavamo fuori a cavallo, tu non volevi stare a casa e allora ti mettevo sulla sella davanti a me, in groppa a Pegasus. Giuro che quando c'eri tu diventava un cavallo diverso: non ha mai cercato di impennarsi o di sgroppare, come faceva qualche volta quando lo montavo da solo.

Amy annuí. – Ricordo che mi lasciava giocare fra le sue zampe quando la mamma lo governava o gli puliva il box. Una volta gli ho decorato la coda con dei nastri di colori diversi. Non vedevo l'ora di crescere per poterlo governare per bene.

Il padre sorrise. – Di cavalli cosí ce n'è uno su un milione.

– Il migliore, – concordò lei.

– Era fantastico, – continuò Tim, con lo sguardo perso nei ricordi. – Qualunque altro cavallo si sarebbe rifiutato di saltare con cosí poca rincorsa, ma lui no, lui aveva fiducia in me e ha cercato di farlo... – Si interruppe, passandosi una mano sugli occhi.

Stava rievocando la sera dell'incidente, al Campionato mondiale di salto, quando aveva portato Pegasus troppo sotto un ostacolo; il cavallo era inciampato nella traversa ed era caduto.

Fece un respiro profondo. – Non importa quanti anni siano trascorsi, non passa mai –. E aggiunse, voltandosi verso di lei: – Ma ha avuto la fortuna di avere te e la mamma a curarlo.

Amy restò zitta; da una parte voleva gridargli che non aveva il diritto di dire una cosa simile, ma nello stesso tempo non poteva negare che nei suoi occhi vi fossero amore e lutto.

Tim le evitò di dover parlare, perché le strinse la spalla e disse: – Sono contenta che l'abbia amato anche tu, Amy.

In quell'istante la ragazza abbandonò l'idea

di combattere contro di lui: suo padre amava Pegasus quanto lei e quello le bastava. – Gli volevo bene... gli voglio ancora bene, – sussurrò, incrociando il suo sguardo.

Restarono fianco a fianco senza parlare davanti alla tomba di Pegasus, avvolti e uniti dall'amore per il grande stallone. Poi Tim si inginocchiò di nuovo e sussurrò, appoggiando una mano sull'erba: – Dormi bene, amico mio. Te lo meriti.

Dopo qualche minuto si alzò e cambiando tono disse: – Non è il caso che ti faccia perdere tutto questo tempo, visto che c'è ancora tanto da fare.

Amy gli lanciò un'occhiata e notò il sorrisino che gli increspava gli angoli della bocca; senza accorgersene sorrise anche lei e ammise imbarazzata: – Penso che ce la faremo.

– Senti, ieri quando ho detto che mi piacerebbe andare fuori a cavallo, dicevo sul serio, – disse Tim mentre uscivano dal paddock.

– Allora, possiamo andarci dopo pranzo, – rispose Amy chiudendo il cancello.

– Pensi ci sia qualche possibilità di convincere Lou a venire con noi? – Vedendola scuotere la testa, il padre sospirò. – E pensare che le piacevano cosí tanto i cavalli, e cavalcare!

– Adesso non piú.

Tim afferrò la nota triste nelle sue parole e le chiese: – E questo causa problemi, tra di voi?

Amy esitò un istante; anche se era piú ben disposta nei suoi confronti rispetto al giorno precedente, non voleva discutere con lui di Lou e del suo atteggiamento nei confronti dei cavalli. Sentiva che, qualunque cosa avesse detto, sarebbe suonato come un tradimento alle spalle della sorella. – Non proprio, – mentí quindi, e spostando rapidamente il soggetto della conversazione chiese: – Allora, cosa... cosa ne pensi di Rosie?

La puledra era ancora nello stesso punto di prima, vicino al ruscello, ma aveva smesso di brucare l'erba e stava rosicchiando i ramoscelli del salice.

Il padre sembrò perplesso per l'improvviso cambio di argomento, ma dopo un istante rispose: – Hai fatto uno splendido lavoro con lei: se pensi che quando è arrivata non si lasciava nemmeno mettere la cavezza. E il tutto in una sola settimana. È veramente un risultato fantastico! – Mentre parlava, Rosie alzò la testa e la fece roteare piú volte. Aggrottando la fronte Tim aggiunse: – Comunque non mi piace quel suo modo di muovere la testa. Devi scoprire cosa c'è che non va. Qualcosa c'è, sono pronto a scommetterci. Sarà perché è troppo tranquilla, ma non mi convince...

A quelle parole Amy si sentí leggermente delusa, come se le avesse fatto un complimento a metà, ma in fondo ne fu anche contenta: voleva dire che suo padre era un tipo schietto, che diceva quello che pensava. Neanche lei avrebbe mai mentito sulle condizioni di un cavallo solo per far piacere a qualcuno: e vedere che lui la pensava allo stesso modo glielo fece rispettare di piú. – Lo so, – ammise, – anch'io ho questa impressione.

– L'hai fatta controllare da un veterinario? – chiese Tim appoggiandosi al recinto.

– L'hanno visitata poco prima di prenderla e hanno detto che era tutto a posto, ma il giorno successivo, quando la proprietaria ha cercato di infilarle la cavezza, Rosie si è impennata e ha battuto la testa contro un asse del box. Da allora è diventato impossibile metterle la cavezza, per questo la proprietaria ci ha contattati.

Tim aggrottò la fronte. – Magari si è fatta male quando si è impennata. È stato dopo la visita del veterinario, no? – Amy annuí. – Visto che hai detto che ha cominciato a farlo solo in seguito, forse è andata cosí.

«Ma certo!» Amy lo fissò sbalordita. Come aveva fatto a non pensarci prima? – Allora si potrebbe spiegare perché scuote la testa! – esclamò. – E perché è cosí tranquilla.

– Potrebbe essersi procurata una leggera frattura, – disse Tim, osservando la puledra. – Ehi, ma non sta masticando del salice?

– Del salice? – ripeté Amy, mentre lui saltava la staccionata per avvicinarsi a Rosie.

– Lo sapevo! – esclamò poi, controllando la pianta. – È proprio salice. È un antidolorifico naturale. Se un cavallo ha male da qualche parte, lo va a cercare spontaneamente –. E vedendo la sua espressione stupita, aggiunse: – Non dirmi che la mamma non te l'ha insegnato!

– No, – rispose la ragazza. – Ma tu come fai a saperlo?

– Me l'ha detto un vecchio allevatore di cavalli –. Diede una pacca a Rosie, che gli stava annusando le tasche, speranzosa. – Poverina, scommetto che hai un gran mal di testa –. Poi si mise a tastarle delicatamente il muso, esaminando le ossa in ogni punto, e quando arrivò sopra l'occhio sinistro, la vide spostare la testa. Riprovò: ogni volta che con le dita sfiorava quel punto, la puledra reagiva allo stesso modo. – Sí, c'è di sicuro qualcosa qui che le dà fastidio. Se fossi in te la farei visitare di nuovo.

Amy annuí. –Telefono subito a Scott –. E strofinandole il naso le disse: – Scopriremo cosa c'è che non va, te lo prometto.

Tornata in casa, Amy telefonò al veterinario, che fissò l'appuntamento per il giorno seguente. – Mio padre pensa che Rosie possa avere una piccola frattura, – spiegò. *Mio padre*. Si rese conto che era la prima volta che pronunciava a voce alta quelle due parole. Le suonava strano; strano ma bello, decise. Con la coda dell'occhio vide dal suo sorriso che neanche a lui erano sfuggite.

– Mi piacerebbe che ti fermassi di piú, – esclamò di getto, posando il telefono.

– Be', sarò qui tutta la settimana per sbrigare degli affari, ma prima di sabato sera posso ancora venire a trovarvi. Volevo proporvelo subito, ma poi ho pensato che fosse meglio vedere come andavano le cose in questi due giorni. Se ti va che venga di pomeriggio, quando non ho impegni di lavoro, mi farebbe molto piacere.

Quando Lou entrò in cucina, dopo qualche minuto, Amy le annunciò la notizia: – Lou, papà verrà tutti i pomeriggi a trovarci, fino a sabato!

– Bene, – rispose lei, in un tono stranamente piatto.

Quando poi Tim le raccontò di essere stato sulla tomba di Pegasus, nel paddock, fissò sua sorella a occhi spalancati: quello per Amy era sempre stato un posto speciale, un posto suo.

Amy avrebbe voluto spiegarle che il padre capiva e condivideva il suo amore per lo stallone, lo condivideva in un modo unico e inspiegabile a chiunque altro. Ma non poteva certo dirlo di fronte a lui.

– E l'ho anche guardata fare il Join-up. È fantastica –. Tim guardò Amy con orgoglio. – Amy ha un talento naturale per i cavalli.

La ragazza si sentí inondare di felicità. – Non

sono la sola, – disse voltandosi verso la sorella. – Papà mi ha aiutata a capire perché Rosie agita tanto la testa. Pensiamo che si sia fatta male.

– Bene, sono contenta che abbiate risolto il problema, – rispose Lou bruscamente.

Amy aggrottò la fronte, notando un'evidente tensione nella sua voce. Cosa le stava succedendo? «Forse si sente messa da parte» pensò, quindi si rivolse al padre: – Lou aveva notato che scuoteva la testa già il giorno in cui è arrivata. E aveva anche osservato che stava molto tranquilla.

– Be', il tuo istinto non si è sbagliato, – le sorrise Tim, e aggiunse: – Senti, io e Amy abbiamo deciso di fare una cavalcata, dopo pranzo. Perché non vieni con noi?

Lou scosse la testa. – Ho un sacco di cose da fare. Devo finire questo *business plan* per sottoporlo al nonno e a Amy stasera. Anzi, – si schiarí la voce, – è meglio che vada subito –. E senza alzare gli occhi uscí di corsa dalla stanza, seguita dallo sguardo perplesso della sorella.

Lou aveva qualcosa... Ma cosa?

Nel pomeriggio Amy e il padre uscirono con Moochie e Sundance; mentre percorrevano un sentiero che saliva verso la montagna, Tim raccontò del suo lavoro di import-export dall'Australia di giovani cavalli da competizione.

– È bellissimo, – disse con gli occhi scintillanti. – Prendi un puledro di tre anni mai domato, male in arnese, che non vale un soldo, e dopo un anno di lavoro ti ritrovi un giovane cavallo in piena forma fisica, perfetto da montare.

– Li addestri tu?

– No, faccio solo da supervisore. La vecchia ferita non mi permette di fare molto, e se cadessi sarebbero guai. Comunque ho dieci ragazzi che lavorano con me. Dovresti venire a trovarmi, – concluse con un sorriso.

– Mi piacerebbe! – Poi, vedendo un tronco caduto poco distante, Amy accorciò le redini e disse: – Guarda Sundance come salta!

Il pony volò sull'ostacolo, e mentre raggiungeva Moochie al piccolo galoppo, Amy chiese: – Allora, che ne dici?

Tim scosse la testa. – Sei identica a tua madre. Mi sembra proprio di rivedere lei, a cavallo.

Amy accorciò le redini. «Come la mamma. Pensa che assomigli alla mamma» si disse. Non poteva farle un complimento migliore.

Gli lanciò uno sguardo e di fronte alla sua espressione colma d'affetto non riuscí a trattenere la domanda che custodiva da tanto tempo: – Perché ci hai abbandonate? – Poi, non appena ebbe pronunciato quelle parole, abbassò la testa, rossa in volto, gli occhi fissi sulla criniera di Sundance.

Cadde un improvviso silenzio, finché suo padre rispose con un sospiro: – Codardia, debolezza... Non ce la facevo. Ricordati che nei primi tempi nessuno sapeva se avrei potuto camminare di nuovo, e inoltre la mia carriera di saltatore era finita per sempre. Ero sempre stato un tipo forte, atletico. Pensavo che vostra madre sarebbe stata meglio senza di me, che mi sarebbe rimasta accanto solo per pietà. E non potevo sopportarlo. Per questo me ne sono andato.

– Sei scomparso, – ribatté Amy, senza riuscire a celare il tono di accusa.

Il padre la guardò negli occhi. – Pensi che se fossi tornato a salutarvi sarei riuscito ad andarmene? Ascolta, Amy: tu, tua madre e Lou eravate le tre cose piú preziose che avessi al mondo. Non avrei mai potuto guardarvi in faccia per poi voltarmi e andarmene!

– Ma non avresti dovuto andartene! – protestò lei. – La mamma sarebbe rimasta con te per amore, non per pietà!

– Me ne sono reso conto solo molto tempo dopo, e allora le ho scritto per cercare una riconciliazione. Ma era troppo tardi. Le avevo fatto troppo male –. Scosse la testa, con aria afflitta. – Mi ero sempre vantato del mio coraggio, ma nel momento in cui ne ho avuto davvero bisogno, mi è mancato. Mi sono comportato da vigliacco e sono fuggito. Me ne pentirò per tutto il resto della mia vita.

In quel momento, Amy sentí dissolversi tutta

la rabbia che aveva sempre provato nei suoi confronti: – Adesso hai Helena, e Lily.

– Sí, – rispose Tim con uno sguardo dolce. – Ci sono loro.

Amy inghiottí un nodo in gola, pensando alla donna che aveva preso il posto di sua madre. – Com'è Helena? – chiese sforzandosi di avere un tono neutro.

Se sperava che rispondesse: «Non è certo perfetta come la mamma», fu delusa. – Magnifica. È stata lei a farmi rendere conto che non potevo lasciare che gli errori del passato distruggessero la mia vita. Dovevo accettare quello che era successo e andare avanti, proprio come aveva fatto la mamma –. Sorrise. – So che lei capirebbe. Ricordo che quando eravamo insieme diceva sempre che era una perdita di tempo rimpiangere il passato: bisognava imparare dagli errori, andare avanti e...

– ... Cercare un futuro migliore, – terminò Amy. Era una frase che conosceva bene.

– Proprio cosí. È quello che ho provato a fare... – La guardò intensamente. – E quello che voglio fare d'ora in poi.

– Sembra che sia andata bene con tuo padre, oggi pomeriggio, – commentò Ty mezz'ora piú tardi, mentre Amy riaccompagnava Sundance nel suo box.

– Benissimo! – rispose lei.

– Allora Tim non è poi cosí male, no? – chiese il ragazzo entrando nel box.

– Niente affatto –. Appoggiò un braccio sulla schiena del pony e sorrise radiosa. – È come se finalmente tutte le domande che mi frullavano nella testa avessero trovato una risposta. Finalmente ho capito, e non solo: lui capisce me. Mi sento come... – Guardò Ty per studiare la sua reazione. – Come se appartenessi a qualcuno.

– Ma è fantastico, Amy! – esclamò lui, e improvvisamente le si fece vicino e la baciò.

La ragazza ricambiò il bacio con un sospiro felice: era il finale perfetto di un pomeriggio perfetto.

Alle sei e mezzo si sentí arrivare l'auto di Jack e le due sorelle uscirono a salutarlo.

– Allora, com'è andata? – gli chiese Lou.

– Bene. Ma è piú importante sapere com'è andato il vostro week-end, – rispose scrutando la loro espressione.

– Bene, – fece Lou con un tono leggermente esitante. – È andato bene.

Il nonno se ne accorse e aggrottò la fronte. – Ma non come avevi sperato?

– È andato bene e basta, – ribatté lei in fretta. – Vero, Amy?

– Sí. È stato... – stava per dire «fantastico» ma si bloccò: non voleva ferire i sentimenti del nonno raccontandogli quanto era stato bello incontrare suo padre. – È stato okay. E papà verrà a trovarci tutti i pomeriggi, dopo i suoi impegni, – concluse, osservando nervosa la reazione del nonno.

Jack strinse la mascella e rimase per un istante in silenzio, poi disse: – Bene, se la cosa vi rende felici, ne sono contento.

Consapevole di quanto gli costassero quelle parole, Amy replicò grata: – Ma sicuro! Vero, Lou?

– Certo, – rispose la sorella in tono distaccato, e cambiò subito argomento. – Vieni dentro, nonno. Ho finito il *business plan* e appena ti sarai riposato un po' vorrei proprio che ci dessi un'occhiata, con Amy. Cosí domani potrò portarlo in banca. Se sarete tutti e due d'accordo, naturalmente. Dobbiamo concludere l'affare al piú presto, prima che si intromettano i Grant.

Dopo essersi cambiato, il nonno scese in cucina, dove Amy stava aiutando Lou a preparare una pasta per cena.

– Allora, diamo un'occhiata a questo progetto? – domandò sedendosi a tavola.

Amy aggiunse della salsa di pomodoro al ragú e lo rimise sul fuoco, poi li raggiunse.

Lou distribuí a entrambi una copia del progetto.

– Prima di parlarne, è meglio che diate un'occhiata, – disse.

Amy iniziò a scorrere le pagine piene di cifre: uscite, spese generali, utile netto... dopo poche righe sentí la testa che le girava.

Di lí a qualche minuto la sorella esordí: – Come potete vedere, il bilancio sarà in attivo e ci potrà fornire un introito regolare, che è proprio quello di cui abbiamo bisogno per finanziare il lavoro di riabilitazione di Amy –. Poi continuò, con gli occhi scintillanti di gioia: – Se il maneggio si rivela un successo, potremo ampliare Heartland, avere un'altra scuderia e un nuovo tondino, con ulteriori vantaggi economici.

Amy si morse il labbro: in effetti sulla carta sembrava una buona idea ed era impossibile muovere qualche obiezione.

– È un grosso rischio, Lou, – disse infine il nonno, – vista la cifra che dobbiamo prendere a prestito.

– Funzionerà, nonno. Davvero, – ribatté lei guardandolo negli occhi.

– Va bene, – concluse Jack lentamente. – Se anche Amy è d'accordo, puoi andare avanti con il progetto.

– Allora? – chiese Lou speranzosa, voltandosi verso la sorella.

Amy fece un respiro profondo; non voleva infierire su Lou proprio in un momento cosí difficile per lei, quindi, seppure con riluttanza, disse: – D'accordo.

Lou rispose con un'espressione entusiasta che la ripagò del sacrificio. – È la decisione giusta! Aspettate e vedrete.

Capitolo nono

– Allora, com'è andato Ben alla gara? – chiese Soraya a Amy la mattina seguente, sullo scuolabus.

– Ha vinto nella sua classe. Avessi visto com'era contento!

– Fantastico! – esclamò la ragazza, e aggiunse con un sorrisetto: – Forse dovrei venire a congratularmi con lui.

Amy le sorrise a sua volta. – E suggerirgli di portarti fuori per festeggiare?

– Ma certo! – disse Soraya sgranando gli occhi. – Mi sembra la scusa perfetta. Be', a parte il *business plan* di tua sorella, è stato un bel fine settimana, no?

– Proprio cosí, – rispose lei sprizzando scintille. – Alla fine è stato bellissimo vedere papà e parlare con lui.

– E cosí verrà a trovarvi tutta la settimana?

– Sí, ogni pomeriggio.

– Chissà cosa ne pensa tuo nonno. Mi sa che non ne sarà entusiasta...

– In effetti, – ammise Amy, – credo che preferirebbe non incontrarlo.

– Dev'essere dura, per lui. E Lou? Sarà contentissima.

– Se lo è, ha uno strano modo di dimostrarlo, – rispose Amy, che di fronte all'espressione stupita dell'amica scosse la testa. – Ieri era sulle sue, come se volesse evitare papà: quando lui è uscito ad aiutarmi, lei è tornata in casa a lavorare. Pensavo fosse contenta che alla fine io andassi d'accordo con lui, e invece sembrava quasi arrabbiata.

– Magari si sentiva un po' tagliata fuori, se tu e tuo padre parlavate sempre di cavalli, – suggerí Soraya. – Non è il suo argomento preferito, no?

Amy aggrottò la fronte. – Forse hai ragione. In effetti abbiamo parlato un sacco di cavalli –. Di colpo le venne in mente la discussione fra Lou e il padre, quel sabato. – Papà pensa che Lou non voglia cavalcare perché ha paura.

– E tu sei d'accordo?

– Be', Lou dice che non ha paura, e di sicuro quando è fra i cavalli non sembra spaventata, quindi è strano che non voglia cavalcare –. Di colpo spalancò gli occhi. – Forse è per questo che evita papà: ha paura ed è preoccupata di doverlo ammettere di fronte a lui.

Soraya ridacchiò. – Attenta, Amy, rischi di diventare un'esperta di psicologia umana, oltre che equina.

– Ma forse è cosí, – ribatté lei.

Alla fermata successiva, Matt salí sullo scuolabus e Amy lasciò cadere l'argomento: da quando usciva con Ashley, non voleva che sapesse troppe cose di lei e della sua famiglia.

– Com'è andato il fine settimana? – gli chiese Soraya quando Matt si sedette vicino al loro.

– Non granché. Ho rotto con Ashley, – rispose lui con un sospiro.

Le due ragazze lo fissarono stupite e Amy esclamò: – Hai lasciato Ashley?

– Sí, – rispose cupo Matt. – Stava cominciando ad assillarmi. Non riuscivo piú ad avere una vita mia.

– Wow! – commentò Amy colpita. – Nessuno ha mai mollato Ashley.

– In effetti non l'ha presa tanto bene, – rispose Matt con calma.

– E tu? – chiese Soraya, con uno sguardo comprensivo.

– Cosí cosí... – mormorò lui.

– Starai molto meglio senza di lei, – disse Amy.

– Ti piaceva molto, vero, Matt? – chiese Soraya dolcemente, dando una gomitata nel fianco all'amica.

– Mi sa proprio di sí, – ammise lui, e per la prima volta Amy notò il suo sguardo triste.

– Lo so che voi due non la sopportate, – continuò Matt con un sospiro. – Ma non è come sembra, davvero. Quando non è in mezzo agli altri Ashley è tranquilla, perfino vulnerabile. Per lei non è stato facile: pensate che da quando era piccola sua madre l'ha costretta a gareggiare tutti i fine settimana.

– Oh, poverina! – replicò con sarcasmo Amy. – Ma dài! Io ho aiutato mia madre a lavorare con i cavalli da quando mi reggevo a malapena in piedi!

– Non essere cosí acida, Amy. Tua madre non ti ha mai trattata come una scimmietta ammaestrata. Ashley ha sempre dovuto essere ben vestita, vincere coccarde e nastri, avere la sua foto sul giornale. Era quello che si aspettavano i suoi genitori, ed è quello che ha fatto.

Amy non ribatté, dispiaciuta di vederlo cosí triste e pentita per ciò che gli aveva detto… Sí, forse Ashley non aveva avuto un'infanzia facile, ma continuava ad avere quell'aria di superiorità che la rendeva insopportabile.

Si limitò a stringergli il braccio e disse, per consolarlo: – Hai fatto la cosa giusta, Matt. Non potevi lasciarti mettere i piedi in testa cosí.

– Lo so, – rispose lui scuotendo la testa. – Vorrei solo non sentirmi cosí male.

Quel pomeriggio, quando Amy tornò alla fattoria, il padre era già arrivato e stava aiutando Ty a governare Jake.

– Ehi! – la salutò agitando la spazzola che

aveva in mano, vedendola arrivare lungo la stradina.

«Quello è mio padre» pensò lei, alzando lo sguardo sui suoi jeans pieni di polvere. Era strano, ma anche molto piacevole vederlo lavorare a Heartland.

– Ciao, – gli rispose. – Sei in anticipo.

– Ho finito piú presto del previsto, cosí sono venuto a vedere se c'era bisogno di una mano.

– Abbiamo avuto una giornata impegnativa, – intervenne Ty. – Scott ha fatto una radiografia a Rosie, dopo pranzo.

– Ha scoperto qualcosa? – chiese subito la ragazza.

– Sí, ha una frattura all'altezza di un sopracciglio, – rispose Ty. – Guarirà da sola, ma intanto dobbiamo somministrarle degli antidolorifici. Gli ho chiesto se possiamo darle della consolida, per accelerare la guarigione, e ha detto che va bene. Poi dobbiamo massaggiarla attorno alla zona interessata con dell'olio di lavanda, per aiutarla a rilassarsi e attenuare il mal di testa, senza però toccarla nel punto esatto della frattura.

– L'hai detto a Sheri? – fece Amy.

– Sí, è stata contentissima di sapere che abbiamo scoperto qual era il problema. Scott ha detto che la frattura dovrebbe guarire abbastanza in fretta e che nel giro di un mese dovremmo riuscire a lavorare con lei.

– Benissimo, – commentò la ragazza sollevata, poi chiese: – Dove sono Lou e il nonno?

– Jack è in città e Lou sta lavorando in casa, – rispose Ty.

– Ah, bene. Vado a cambiarmi.

Si incamminò verso casa chiedendosi se i sospetti di cui aveva parlato con Soraya fossero esatti. Lou stava evitando il padre perché aveva paura di cavalcare?

– Che ci fai qui? – le chiese vedendola seduta al tavolo della cucina, alle prese con il computer portatile e le fatture.

– Secondo te? – rispose seccamente la sorella. – Sto lavorando.

– Pensavo che dovessi solo finire il *business plan*. Non hai detto che lo portavi in banca stamattina?

– Sí, ci sono andata. Ma sono rimasta indietro con la contabilità –. Si passò una mano fra i capelli e aggiunse: – E non vado certo avanti, se stai qui a chiacchierare.

– Scusa se esisto... – mormorò acida Amy, decisa a salire in camera sua. Prima di uscire dalla cucina, però, si bloccò: doveva assolutamente dirle una cosa. – Non ti capisco, Lou. Pensavo che ti avrebbe fatto piacere rivedere papà. Pensavo che volessi passare con lui piú tempo possibile!

– Lo sto facendo, – rispose lei dopo un istante di esitazione, – ma c'è sempre tanto lavoro da sbrigare –. Tornò alla tastiera del computer. – Vedrò papà quando avrò finito.

– È perché hai... – esclamò Amy impulsivamente. Ma si bloccò all'improvviso, ricordando come aveva reagito Lou quando il padre le aveva chiesto se avesse paura. Stavano andando abbastanza d'accordo, in quel periodo: perché cominciare una discussione proprio in quel momento?

– Perché ho cosa? – chiese Lou con uno sguardo cupo.

– Niente, non importa, – fece Amy, decisa a lasciar perdere. E dopo un attimo di esitazione, salí in camera a cambiarsi.

Dopo essersi infilata i jeans da lavoro, Amy si ricordò che doveva telefonare alla madre di Jo e scese un po' nervosa nello studio. Non aveva molta voglia di parlare con la signora Newhart, ma Ty aveva ragione: dovevano scoprire come si comportava Piuma con Jo.

– È sempre stato bravo, da quando è qui, – concluse rapidamente, dopo averle spiegato il motivo della telefonata. – Non ha fatto niente di sbagliato, e posso garantirle che è un cavallo sicuro da montare.

Non sentendo nessuna risposta dall'altro capo del filo, chiese: – Pronto, signora Newhart?

– Okay, – disse infine la madre di Jo, in tono poco convinto. – Se pensi che sia sicuro, allora

Jo-Ann lo potrà cavalcare. Ma per favore, fate in modo che non le succeda niente! – concluse in tono implorante.

Jo arrivò dopo circa mezz'ora. – Non posso credere che la mamma mi abbia dato il permesso di montare Piuma! – esclamò appoggiando la bicicletta al muro della scuderia, per poi correre da Amy. – Posso andare subito a bardarlo?

– Va bene, – rispose lei con un sorriso, terminando di spazzolare Rosie.

Non erano passati dieci minuti che la ragazzina era già nel tondino.

– Sembra tranquillo, – disse Ty appoggiato al cancello.

– Sí, – fece Amy, – è cosí da quando è qui. Non ha mai tentato di impennarsi.

– Forse lo ha disturbato qualcosa, il giorno in cui l'hai visto, – suggerí il ragazzo.

Amy aggrottò la fronte sforzandosi di ricordare qualche dettaglio. – Non sembrava spaventato. Prima di impennarsi aveva rallentato, cercando di uscire dal tondino.

– Be', adesso è perfetto, – commentò Ty vedendolo al trotto.

Amy pensò che sarebbe stato meglio scoprire perché era tanto migliorato: non poteva essere merito del T-touch e dei massaggi con l'olio di viola. Lo guardò mentre trotterellava attorno al recinto. «Sta meglio, ne sono sicura» si disse, cercando di allontanare un vago dubbio che le aleggiava nella mente.

La mattina seguente Matt entrò di corsa nel cortile della scuola e salutò Amy e Soraya in tono allegro. – Ciao. Mi ha dato un passaggio mio fratello!

Amy lo guardò sorpresa: – Sembri contento, rispetto a ieri.

Matt ridacchiò. – Ieri Ashley mi ha telefonato. Ha detto che le dispiace per come mi ha trattato, e vuole che torniamo insieme.

Le due amiche lo fissarono sbalordite. – Ma tu non le hai detto di sí, vero? – chiese Amy.

– Ma certo che le ho detto di sí –. E di fronte alla loro espressione aggiunse: – Ma andrà tutto bene. Ha promesso che non mi stresserà piú come prima.

Notando un leggero rossore sul collo del ragazzo, Amy proseguí: – E cos'altro ti ha detto?

Matt scrollò le spalle, ma non riuscí a nascondere uno sguardo compiaciuto. – Oh, cose tipo che non sono come gli altri ragazzi con cui è uscita –. Le fissò implorante. – Dài, non siete contente per me?

Soraya sospirò. – Okay, ci proveremo.

Al pomeriggio, appena scesa dallo scuolabus, Amy incrociò Lou che le offrí un passaggio.

– Allora, com'è andata oggi? – le chiese mentre l'auto saliva verso la fattoria.

– Bene. A parte che Matt si è rimesso con Ashley. Non capisco cosa ci trovi, in quella là –. Scosse la testa, cercando di non pensarci. – Allora, notizie dalla banca?

– No, non ancora, ma sarà meglio che facciano in fretta, se no dovremo lottare con Green Briar per avere la terra.

Quando le due sorelle entrarono in cucina, trovarono il nonno al telefono. – Okay, glielo dirò, – stava replicando in tono secco e posò la cornetta senza salutare l'interlocutore.

Amy aggrottò la fronte e chiese chi fosse.

– Vostro padre, – disse Jack scuro in volto. – Oggi non può venire, deve vedere dei clienti.

– Oh, – commentò Amy delusa, mentre il nonno usciva dalla stanza senza dire una parola. – Vorrei che i rapporti tra papà e il nonno migliorassero, – sospirò. Il giorno precedente era rimasto chiuso in casa tutto il pomeriggio per non incontrarlo.

– Penso che ci stia troppo male, – intervenne Lou. – Sarà un vero tormento per lui avere qui papà tutta la settimana.

Amy avvertí un tono di rimprovero nella voce della sorella: sembrava quasi che l'accusasse di non tenere conto dei sentimenti del nonno. – Ma se sei stata tu a invitarlo qui! – esclamò.

– Lo so, – rispose la sorella sulla difensiva.

– Sto solo dicendo che per il nonno è dura –. Si passò una mano fra i capelli. – Forse non avremmo dovuto dire a papà di venire qui tutti i giorni.

Amy la fissò attonita. Era proprio lei a parlare? Quella Lou che aveva rifiutato di arrendersi fino a quando non era riuscita a rintracciare nuovamente il padre?

– Lou, non ti capisco. Eri tu quella che voleva disperatamente rivedere papà. E adesso che è qui, non sembri poi cosí contenta.

– Ma certo che sono contenta, – rispose lei in fretta, salendo le scale.

– No, non lo sei! – esclamò Amy esasperata. – Lou, cosa c'è che non va?

Per un istante sembrò che Lou volesse ignorarla, ma poi si fermò e rispose, cosí piano che si sentí appena: – Non lo so –. Si voltò con le spalle basse e lottando per trovare le parole aggiunse: – È solo... solo che non è come me l'ero immaginata, questa visita. Sembra che non abbiamo piú niente da dirci.

– È solo che devi imparare a conoscerlo di nuovo... passare un po' di tempo con lui.

– Ma come faccio se... – Si interruppe, poi aggiunse in fretta: – Lasciamo perdere.

– Lou... – fece Amy salendo qualche gradino, ma la sorella scosse la testa. – Vado in camera, – disse e si affrettò verso la porta.

Amy si avviò lentamente su per le scale, poi

entrò in camera sua e si buttò sul letto, tenendosi la testa fra le mani.

«Vorrei solo che ci fosse armonia tra di noi» pensò sospirando. Ma non era facile.

Nei giorni seguenti l'atmosfera non cambiò: Lou sembrava allontanarsi sempre piú dal padre, mentre Jack continuava a evitarlo. L'unica cosa positiva era che Piuma faceva continui progressi, e cosí Amy decise di invitare la signora Newhart a vedere la figlia cavalcare, quel fine settimana.

– Almeno se vede che si comporta bene sarà contenta di lasciarglielo, – disse a Ty un pomeriggio, di ritorno da una passeggiata con Solo e Sundance.

Appena furono entrati nel cortile, Lou arrivò in auto, scese e si mise a sventolare una busta con un sorriso radioso. – È la lettera della banca! Ci hanno concesso il prestito!

– Oh, – fu la prima reazione di Amy, che aggiunse, vedendo la delusione sul volto della sorella: – Ma è fantastico, Lou –. Si sforzò di sorridere. – Veramente fantastico, – ripeté, cercando di essere piú convincente possibile.

Si avvicinò anche il padre. – Brava, Lou, – disse. – Hai lavorato cosí tanto a quel progetto!

– Appena il nonno firma potrò fare un'offerta per la terra. E quindi avremo un introito regolare, non dovremo piú raschiare sempre il fondo del barile e potremo fare progetti per il futuro! Sarà bello, per Heartland.

– Lo spero proprio, – disse Tim.

Lou perse di colpo il sorriso. – Perché, non... non pensi che lo sarà?

– Be', credo solo che non sia il caso di correre troppo. Dopo tutto, potrebbero veramente cambiare le cose, qui.

Amy notò lo sguardo ferito della sorella, che però ribatté: – Sí, ma in meglio!

– Lou, – iniziò a dire il padre in tono pacato. – Sto solo dicendo che dovresti pensarci con attenzione.

– Ma l'ho fatto, – gridò Lou. – E penso che sia una buona idea!

In quell'istante il nonno uscí di casa: evidentemente li aveva sentiti. – Che succede? – chiese avvicinandosi.

Senza rispondere, Lou gli passò accanto per andare verso la cucina e Amy notò che aveva le lacrime agli occhi.

Ma anche Jack le aveva notate e scoccando un'occhiata furiosa in direzione di Tim esclamò con veemenza: – Non so che cosa le hai detto. Ma non ho intenzione di stare qui a guardarti mettere in crisi mia nipote! Voglio che te ne vada, e subito! – concluse gelido.

– No! – protestò Amy afferrando suo padre per un braccio. – Non te ne andare!

– Amy, penso che sia meglio cosí, – disse Tim

calmo. – Non voglio causare problemi a nessuno. Ti chiamo piú tardi.

– Nonno! – Amy si voltò implorante. – Papà non voleva offendere Lou. Ha solo detto che avrebbe dovuto pensarci bene prima di prendere una decisione che avrebbe cambiato le cose qui, e Lou ha reagito cosí. Non è colpa di papà...

Jack abbandonò l'espressione irata e dopo un istante di silenzio disse: – Capisco. Bene, allora Tim, se volevi solo incoraggiare Lou a ripensare con calma alla sua idea del maneggio... – Fece una pausa e inspirò a fondo. – Scusami per aver reagito in modo cosí spropositato. Forse sono solo un po' teso.

Tim scosse la testa. –Non è il caso di scusarsi, Jack. Capisco bene che vuole solo proteggere Lou e Amy, e mi creda, le sono estremamente grato per questo. È solo che ho avuto esperienza di maneggi e so quanto sia difficile farli rendere –. Si massaggiò le tempie e continuò. – Ma mi rendo conto che non è questo il posto adatto per dare consigli: avrei dovuto tenere per me le mie considerazioni.

Il nonno sembrò piú calmo. – No, hai fatto bene a dire quello che pensavi. I rapporti devono essere costruiti sull'onestà.

– Lo so. Voglio ricostruire il rapporto con le mie figlie sull'onestà e sulla fiducia. E... – aggiunse guardando Jack dritto negli occhi. – Per me sarebbe veramente importante avere il suo appoggio, Jack.

Amy guardò il nonno, che dopo un istante di esitazione rispose: – Ce l'hai.

– Grazie, per me significa molto, – rispose Tim.

Amy si sentí sollevata. Anche se non si poteva ancora parlare di amicizia, forse tra i due era stato fatto un primo passo verso la riconciliazione.

– E adesso, credo proprio di dovermi scusare, – disse Tim guardando verso la casa.

Capitolo decimo

Lou apparecchiava la tavola sbattendo i piatti con forza.

– Lou, mi dispiace, – disse Tim andandole vicino. – Avrei dovuto capire quello che significa per te il progetto di questo maneggio, e avrei dovuto appoggiarti di piú. Volevo solo consigliarti di pensarci bene prima di fare un'offerta.

– Ci ho già pensato, – rispose lei a denti stretti.

– Bene –. Tim scosse la testa e aggiunse dolcemente: – Dài, Lou, non litighiamo. Domani sera parto, mi resta solo un giorno da trascorrere qui.

Lou si avvicinò alla finestra, esitò per un istante e poi si mise a guardare fuori, mentre il padre e la sorella attendevano con ansia che parlasse. Finalmente si voltò e con un sospiro disse: – Va bene, hai ragione. Mi spiace di avere reagito cosí. È solo che mi sembra una buona idea aprire un maneggio a Heartland.

– Lo so –. Per un attimo sembrò che volesse

abbracciarla, ma poi si bloccò e le chiese: – Allora... quando farai l'offerta?

– Telefono adesso agli Young, – rispose Lou, e dopo avere lanciato un'occhiata al nonno chiese: – Sei d'accordo, nonno, vero?

Il nonno annuí e mentre lei andava a telefonare, tutti si sedettero a tavola. Amy iniziò a mangiucchiarsi un'unghia rotta del mignolo. Non poteva credere che la faccenda del maneggio fosse improvvisamente cosí vicina: sarebbe stato un bel cambiamento per Heartland.

Dopo qualche minuto Lou rientrò con un'espressione perplessa. – Hanno già ricevuto un'offerta.

– Da Green Biar, lo sapevo! – esclamò Amy.

– Non hanno voluto dirmelo, ma sono sicura che tu abbia ragione. Ho rilanciato, quindi non ci resta che aspettare. Non possiamo permetterci di offrire di piú.

– Quando avremo la risposta? – chiese Jack.

– Entro domani sera.

Il mattino seguente Ty arrivò presto alla fattoria per dar da mangiare ai cavalli e pulire i box, anche se era il suo giorno libero.

Prima di pranzo andò a salutare Tim, che gli disse con calore: – È stato un vero piacere conoscerti, Ty. Grazie per avere condiviso con me le tue conoscenze, questa settimana.

– Grazie a lei, – rispose sorridendo il ragazzo.

– Non dimenticherò come intrecciare i cesti di vimini –. Poi si voltò verso Amy. – Ci sentiamo stasera? Oggi pomeriggio devo accompagnare mia madre a fare la spesa.

Amy annuí. Sicuramente le avrebbe telefonato dopo la partenza del padre, per sentire come stava.

Ty salí sul fuoristrada, e seguendolo con lo sguardo Tim commentò: – Bravo ragazzo.

– Sí, lo è, – sorrise Amy.

– Allora, cosa c'è da fare? – le chiese avviandosi lungo il cortile.

– Finire i box, pulire la letamaia, spazzare il cortile, il fienile, il locale del mangime... – iniziò a elencare lei.

Tim sorrise. – Ho capito. Dammi una scopa.

Verso le undici del mattino arrivò la signora Newhart. – Jo, è arrivata tua madre! – gridò Amy, impegnata a governare Piuma.

– Oh, no, – mormorò la ragazzina, che era già lí da un paio d'ore.

– Non c'è niente di cui preoccuparsi, – la tranquillizzò Amy. – Barda Piuma e portalo nel tondino, ma non montarlo fino a quando non arrivo –. Sperava che, dandole qualcosa di pratico da fare, si sarebbe calmata un po'.

Posò la spazzola nel secchiello e uscí in cortile, dove Lou stava parlando con la madre di Jo. La signora Newhart aveva un'espressione tesa.

– Spero di fare la cosa giusta. Se succedesse qualcosa a Jo-Ann non me lo potrei mai perdonare –. La vide scuotere la testa. – Vorrei solo che non le piacesse cosí tanto andare a cavallo, ma come faccio a fermarla? Ha una passione incredibile per i cavalli!

– In effetti, è davvero difficile. Dev'essere dura per lei, – disse Lou in tono comprensivo.

– Già, – la signora Newhart sorrise. – Sa, in tutti i maneggi dove sono stata con Jo mi hanno sempre presa per una madre eccessivamente ansiosa, ma io non posso farci niente. Dopo quello che è successo... – Si interruppe, commossa, e per un attimo sembrò imbarazzata.

– Non c'è problema, la capisco perfettamente, – disse Lou con gentilezza. Poi, alzando gli occhi vide Amy e con il consueto tono efficiente le chiese: – Allora, Piuma è pronto?

Amy annuí. – Sí, Jo l'ha già portato nel tondino.

– Non salirà certo prima che arriviamo, vero? – chiese la signora tutta agitata.

– No, no, le ho detto di aspettarci, – ribatté Amy.

Arrivate nel tondino, videro che Jo stava massaggiando il collo a Piuma con il metodo T-touch; il puledro però, diversamente dal solito, scartava di lato e strattonava le redini.

– Ciao, mamma, – la salutò Jo nervosamente.

– Bene, allora adesso monti in sella? – chiese Amy entrando nel tondino.

La ragazzina annuí e con un sospiro profondo abbassò le staffe e si spostò sul fianco sinistro del cavallo.

– Non essere cosí preoccupata, – la rassicurò Amy con un sorriso, tenendo le redini all'altezza del morso mentre lei montava in sella.

Jo infilò il primo piede nella staffa, gettando uno sguardo apprensivo alla madre.

– Bravo, ragazzo, – fece Amy, vedendo che Piuma scartava di lato, ma il pony arretrò e tirò su la testa e la ragazzina, con il piede impigliato, gli andò dietro zoppicando e cercando di non cadere.

– Attenta! – gridò la madre.

– Bravo, su, – lo calmò Amy.

Il puledro rimase fermo un istante, lasciando a Jo la possibilità di montare in sella, ma non appena lei fu seduta si lanciò in avanti, trattenuto a forza da Amy.

– Fallo camminare un po' in cerchio, – le suggerí, – vedrai che si calmerà –. Anche se cercava di mostrarsi tranquilla, in realtà era preoccupata dall'improvviso cambiamento di Piuma. Il cavallo, con i muscoli tesi, arretrò non appena la ragazzina lo spronò di tallone.

Amy schioccò la lingua e gli diede una leggera pacca sul fianco. – Vai!

Piuma si mise a trottare mentre Jo cercava di

portarlo al passo. – Bravo, bello! – gli disse, lanciando un altro sguardo in direzione della madre.

Il cavallo però continuava a procedere a strappi e quando Amy tornò verso il recinto, Lou le chiese con aria preoccupata: – Andrà tutto bene, vero?

– Ma certo, – rispose lei, cercando di sembrare convinta, mentre con la coda dell'occhio osservava la signora Newhart che stringeva disperatamente la staccionata.

Con gli occhi fissi sull'amazzone, Tim mormorò: – Jo mi sembra tesa.

Amy annuí, vedendo le spalle rigide della ragazzina. Intanto Piuma, che stava arrivando dal lato opposto del tondino, si diresse verso di loro con fare nervoso: scartando di lato, sollevò la testa e abbassò i fianchi. – Rilassati, Jo! – si raccomandò Amy, vedendo come teneva rigide le redini. Cosa stava succedendo a Piuma? Nelle due settimane in cui era stato a Heartland non si era mai comportato in quel modo. Perché aveva scelto proprio quel giorno per ribellarsi?

– Forse potresti scendere, tesoro, e far montare Amy! – gridò la signora Newhart.

– Va tutto bene, mamma, – rispose Jo, tesa in volto; portò Piuma, sempre riluttante, al centro del tondino e continuò a guardare verso il cancello.

– La deve smettere di preoccuparsi della madre e cavalcare, come sempre, – sussurrò Tim a Amy.

Quelle parole per Amy furono una vera rivelazione. – Ma certo! – esclamò, fissandolo sbalordita. – Ecco cos'è!

– Cos'è cosa? – rispose il padre stupito.

Amy però non aveva tempo per le spiegazioni: doveva far smontare Jo prima che accadesse il peggio. – Jo! – gridò, correndo verso il cavallo che si era fermato accanto al cancello. La ragazzina cercò inutilmente di farlo muovere, ma lui si limitò a scuotere la testa, puntando proprio contro il cancello.

Si sentí la signora Newhart che gridava; anche Amy avrebbe voluto gridare, ma non voleva correre il rischio di spaventare ulteriormente Piuma.

Quando però Jo lo spronò di tallone e il pony alzò la testa e arretrò sbuffando, decise che non poteva piú mostrarsi calma e si mise a gridare, correndo a perdifiato verso il cancello: – Jo! Scendi!

Capitolo undicesimo

Era troppo tardi. Jo spronò di nuovo il cavallo, che si impennò agitando in aria le zampe anteriori.

– Jo-Ann! – gridò disperata la madre.

Per un terribile istante Amy vide che Piuma si bloccava e pensò che stesse per cadere sulla schiena, ma Jo riuscí a portare il peso in avanti e lo fece nuovamente atterrare.

Intanto Amy, arrivata al suo fianco, cercò di calmarlo, poi afferrò le redini e, vedendo che la signora Newhart correva verso di loro, lanciò uno sguardo a Jo e le chiese se stesse bene.

La ragazzina, pallidissima, annuí.

– Jo-Ann! – gridò di nuovo la madre correndo senza fiato, con i tacchi che affondavano nella sabbia.

– Mamma, per favore, – la implorò la ragazzina smontando da cavallo.

– Basta! Ci libereremo subito di questo cavallo –. La madre la strinse forte, con lo sguardo pieno di terrore e sollievo.

– È tutto a posto, mamma. Sto bene, – la tranquillizzò Jo.

La signora, però, sul punto di piangere, ribadí: – Quello che è troppo è troppo. Quel pony se ne deve andare.

– Signora Newhart! – intervenne Amy. – Adesso so cosa c'è che non va. Se solo dà a Piuma una seconda possibilità...

– Un'altra possibilità! – fece eco lei, guardandola come se avesse detto una follia. – Stai scherzando! – E alzando ancora di piú la voce aggiunse: – Mi avevi detto che era sicuro. Jo-Ann avrebbe potuto morire!

– Se mi lascia spiegare... – iniziò Amy.

La signora Newhart la interruppe, furiosa: – Basta con le spiegazioni. Jo-Ann, non ti avvicinerai mai piú a questo pony!

– Mamma! – protestò lei.

La madre la afferrò per un braccio. – No! Ho dato a Piuma una seconda possibilità, ma adesso basta –. E continuò, fissando la figlia con decisione. – Non ho piú intenzione di lasciarti correre rischi. Lo sai cosa è successo alla nonna. Non permetterò che un cavallo rovini anche la tua vita. E adesso, vieni subito a casa con me.

– Ma...

– È cosí e basta, Jo-Ann, – la interruppe furiosa. –A meno che tu non voglia che ti proibisca di avvicinarti a qualunque cavallo. Forza, sali in macchina!

Rendendosi conto che faceva sul serio, la ragazzina scoppiò in un pianto dirotto e corse verso l'auto, seguita dalla madre.

– Aspetti, signora Newhart, – esclamò Lou correndole dietro, mentre Amy con un mugolio affondava il volto nel collo di Piuma. Il cavallo le annusò la schiena con aria stupita. – Bravo, Piuma, – sospirò lei. – L'hai proprio combinata bella –. Non si dava pace per non essersi resa conto prima di qual era il problema: se ci fosse arrivata, quell'incidente non ci sarebbe stato.

– Va tutto bene?

Amy sentí la voce del padre e si voltò. – No, – rispose affranta.

– Non è colpa tua, – disse lui dolcemente. – Credevi fosse guarito. Lo credevano tutti.

Amy scosse la testa. – In fondo in fondo sapevo che non aveva ancora risolto il suo problema –. Diede un calcio a un sasso, frustrata. – Se solo l'avessi intuito prima, non sarebbe successo tutto questo e Jo avrebbe potuto tenerlo.

– Allora, perché pensi che si sia impennato?

– Sono sicura che dipenda da Jo. Lui è molto sensibile e reagisce cosí alla sua tensione, quando lei lo monta con la madre presente –. Scosse la testa. – Me l'aveva perfino detto, che si era impennato solo quando c'era la madre a guardarli, ma io non avevo collegato le due cose, pensavo fosse solo sfortuna.

– Hai ragione, – annuí Tim. – Jo è tesa perché sa quanto sua madre è nervosa quando la guarda, e lui assorbe la tensione e comincia ad agitarsi.

– Sí, e cerca di andare verso il cancello e uscire dal tondino. Cosí, quando Jo lo ferma, si fa prendere dal panico perché non riesce a uscire da una situazione che lo spaventa e si impenna –. Diede una pacca al cavallo. – Sono sicura che è questa la causa di tutto. È sensibilissimo, come se potesse leggere nella mente di chi lo monta; quindi reagisce alle emozioni di Jo quando sua madre è presente.

– Be', perché non lo monti tu adesso e verifichi? Se con te sta tranquillo, allora tutto dipende dalla tensione di Jo, – propose Tim.

Amy lo guardò sorpresa. – Mi permetteresti di montarlo anche se si è appena impennato in quel modo?

– Non credo proprio che potrei impedirtelo, – fece lui con un sorrisetto. – Sul serio, se pensassi che fosse pericoloso cercherei di fermarti, ma condivido la tua teoria.

Amy sorrise, afferrò le redini del cavallo e montò in sella. – Vediamo, allora.

Piuma restò immobile mentre lei sistemava le staffe, e si mise tranquillamente al passo quando lo spronò. Poi Amy accorciò le redini e lo portò al trotto, fece tre giri del tondino al piccolo galoppo, lo portò al galoppo sul lato piú lungo del recinto e prima di raggiungere l'angolo lo fece rallentare, gli fece fare qualche giro su se stesso e lo portò al trotto fino al cancello.

– Avevo ragione! Lo sapevo! – esclamò infine con un'espressione raggiante.

– Brava! – commentò Tim orgoglioso.

«Mi capisce, – pensò Amy con emozione, guardandolo negli occhi. – È mio padre». Ripetendo quelle parole si sentí come se ogni singola cellula del suo corpo si fosse messa a cantare. Era sua figlia, e nonostante i dodici anni trascorsi senza vederlo, improvvisamente si rese conto con certezza che tra di loro esisteva un legame che non poteva essere spezzato.

– Papà! – disse. – Grazie per avermi aiutata a capire cosa c'era che non andava.

– Mi hai chiamato papà, – osservò Tim, sorpreso e contento.

– Perché sei il mio papà, – rispose lei con uno sguardo acceso. – E hai avuto fiducia in me. Mi hai aiutata a capire dov'era il problema.

– Io non ho fatto proprio niente, sei stata tu ad avere l'intuizione. E hai avuto il coraggio delle tue convinzioni –. La guardò attentamente. – Amy, tu sei una ragazza di talento, e anche se non credo che ti importi del mio parere, voglio dirti quanto sono fiero che tu sia mia figlia.

– Certo che mi importa quello che pensi, davvero, – ribatté lei con le lacrime agli occhi, cercando di lottare con un nodo alla gola.

– Amy, non sai quanto significhi per me sentirti dire una cosa del genere.

– Ma è vero.

Per un attimo, nonostante fosse ancora in sella a Piuma, pensò che il padre la volesse abbracciare, ma all'improvviso sentí un rumore di passi e, voltandosi, vide Lou che la fissava con terrore. – Amy! Cosa stai facendo su Piuma? Scendi subito!

– No! È tutto a posto! Ho capito cosa c'era che non andava. Piuma è sicuro, reagiva solo alla tensione di Jo. Guarda!

Afferrò nuovamente le redini del cavallo e lo spronò a muoversi.

– No! – gridò la sorella, senza fiato.

Vedendola cosí sconvolta Amy lo bloccò, ripetendo: – Ma è sicuro!

– Scendi! Subito! – gridò ancora piú forte Lou, fuori di sé.

– Va tutto bene, Lou, – intervenne il padre. – Amy lo ha appena cavalcato, e non ha avuto alcun problema.

Lou si voltò verso di lui. – Non posso credere che tu abbia permesso a Amy di salire su Piuma!

– Ma... – iniziò a dire Tim, ma fu subito interrotto dalle grida di Lou.

– Come hai potuto essere cosí irresponsabile? Avrebbe potuto ferirsi, farsi male.

– Ma no, non le è successo niente. Amy...

– Allora va tutto bene, vero? – lo interruppe di nuovo Lou, tremando per l'emozione. – Proprio tu, che dovresti essere il primo a sapere quanto siano pericolosi i cavalli! Come hai potuto lasciare che Amy rischiasse cosí? Non ti importa niente di lei? – Lo fulminò con lo sguardo.

– Ma certo che mi importa di lei –. Tim si interruppe e di colpo cambiò espressione. – Non si tratta di Amy, vero? Si tratta di te, – disse.

Lou lo fissò sbalordita. – Che cosa? Di cosa stai parlando?

– Tutta questa emozione, questa reazione spropositata. Avevo ragione: Lou, hai paura dei cavalli, vero?

– Ma non essere ridicolo! – ribatté lei.

Il padre scosse la testa. – Penso proprio di sí. Lou, non lasciare che quello che mi è successo influisca cosí sulla tua vita. Sí, mi sono ferito, e so che ci sono dei rischi a cavalcare e a stare con i cavalli, come in tante altre cose della vita. Ma lo dobbiamo accettare, qualche rischio –. La fissò intensamente. – Devi affrontare questa paura, Lou. Altrimenti vivrai sempre con l'idea di quello che avrebbe potuto essere e non è stato.

– Devo! – ribatté la ragazza. – Ma come ti permetti di dirmi quello che devo fare? Questo diritto lo hai perso quando mi hai abbandonata! – Si voltò furibonda e si diresse con passo deciso verso casa.

Ci fu un istante di silenzio, poi Tim, pallido in volto, disse: – È meglio che la segua.

– No! Lascia che si calmi, prima, – suggerí Amy.

Dopo un attimo di esitazione, il padre annuí. – Sí, forse è la cosa migliore. Comunque avevo ragione: tutto dipende dalla sua paura dei cavalli.

– Sí, lo so, – fece Amy, ripensando all'espressione terrorizzata della sorella quando l'aveva vista in sella a Piuma: sembrava lo stesso sguardo che aveva la signora Newhart mentre correva verso la figlia. Suo padre aveva ragione: Lou aveva paura, anche se non l'avrebbe mai ammesso.

Tim sospirò. – Non avrei dovuto dire niente. Non voglio lasciare le cose in sospeso tra noi due.

– Dalle un po' di tempo, – replicò Amy, sperando di non sbagliarsi. Poi diede una pacca al pony. – Be', è meglio che lo riporti nel box.

– Che ne sarà di lui? – le chiese Tim, accompagnandola verso la scuderia.

– Non lo so –. La ragazza cercò di concentrarsi sul problema del cavallo. – Penso che in realtà sia Jo che ha bisogno di una cura, non lui. Potrei darle delle gocce di Fiori di Bach per calmare l'ansia, ma non credo che la madre le permetterà di riavvicinarsi a Piuma, anche se riuscirò a spiegarle qual è il problema.

– Pensi che ci sia qualcuno che possa farle cambiare idea? Per esempio lo zio che ha comprato Piuma? – chiese Tim.

– In effetti potrei telefonare a Jo per chiederglielo, – rispose Amy, illuminandosi in volto.

– Chiamala adesso. Porto io Piuma nel suo box.

Amy si diresse verso la cucina silenziosa e mentre componeva il numero di casa di Jo pregò che non rispondesse la madre. Cosa le avrebbe detto? Per fortuna rispose la ragazzina, e lei le spiegò la sua ipotesi sul comportamento del pony. – Sei sicura che gli sia successo sempre quando c'era tua madre a guardarti? – le chiese alla fine.

– Oh, Amy! – esclamò Jo. – Forse hai proprio ragione. Puoi spiegarlo anche alla mamma e convincerla a non venderlo?

– Non credo proprio che mi ascolterebbe. Ma mi stavo chiedendo se c'è qualcun altro in famiglia a cui lei dia retta. Per esempio, lo zio che te lo ha comprato.

– È in Canada per lavoro, torna fra tre mesi. L'unica esperta di cavalli qui è la nonna. Magari lei può parlarle, – rispose Jo, piú speranzosa che sicura.

– Avevo capito che dopo l'incidente avesse venduto tutti i cavalli, – ribatté Amy.

– Sí, – ammise Jo, – e non sa niente della faccenda di Piuma perché la mamma aveva paura di spaventarla dicendole che avevo un cavallo. Non le parliamo mai di cavalli quando andiamo a trovarla: dal giorno dell'incidente le fanno paura.

– Be', non mi sembra proprio la persona piú adatta per aiutarti.

– Invece potrebbe esserlo. Perché non cerchi di parlarle?

Amy esitò e alla fine disse, dubbiosa: – Sí, magari ci provo.

– Oh, grazie! – esclamò la ragazzina.

Posato il ricevitore, Amy osservò pensierosa il foglietto con il numero di telefono che le aveva dettato Jo e, inspirando a fondo, lo compose sulla tastiera.

Dopo una decina di minuti, terminata la telefonata, si chiese se avesse fatto la cosa giusta. La nonna di Jo, Mary, le era sembrata molto provata e aveva dovuto spiegarle piú volte chi fosse e perché aveva bisogno del suo aiuto. Alla fine però aveva acconsentito, anche se un po' riluttante, a venire a vedere Piuma nel pomeriggio. Amy sperava che dopo aver visto Jo a cavallo, rendendosi conto che non era pericoloso, avrebbe persuaso la figlia a tenerlo.

Richiamò Jo, che a quella notizia esclamò: – Ma è fantastico!

– Non ha detto che cercherà di convincere tua madre, ma almeno ti vedrà, – aggiunse

Amy, ripensando alla difficile conversazione con l'anziana signora. – Vieni verso le quattro a montare Piuma?

– Non posso, la mamma me l'ha proibito. Amy, cosa faccio?

– Senti, non ti preoccupare. Troveremo una soluzione, – ribatté lei, anche se dentro di sé era poco convinta. Poi uscí in cortile per aiutare Ben e il padre nei lavori di scuderia.

Aveva sperato che, nel frattempo, lui avesse chiarito le cose con Lou, ma scoprí che la sorella se ne era andata in auto poco prima di pranzo.

– Dov'è Lou? – chiese tutta affannata al nonno, che era seduto in cucina a leggere il giornale.

– A pranzo con Scott.

– Ma papà va via fra tre ore!

– Sí, è sembrato un po' strano anche a me, ma era molto decisa –. E aggiunse, vista l'espressione delusa di Amy: – È successo qualcosa?

– No, niente di particolare, – rispose lei per non allarmarlo. – Niente, davvero.

Tornò lentamente in cortile.

Niente... E se Lou non fosse tornata in tempo per salutarlo?

Capitolo dodicesimo

Tre ore dopo, Lou non era ancora tornata.

– È ora che vada, – disse Tim a Amy. – Devo ancora fare i bagagli e lasciare l'albergo.

– Ma non puoi andartene senza salutare Lou, – protestò lei.

– Credimi, devo proprio –. Diede uno sguardo all'orologio. – Non ho molta scelta, se non voglio perdere l'aereo!

Improvvisamente si sentí il rumore di un'auto che risaliva la strada. – È lei! – esclamò Amy con sollievo. – Papà sta partendo! – disse correndole incontro.

In quel momento, il nonno uscí di casa. – Allora sei in partenza, Tim?

– Sí, Jack, – rispose lui. Poi si voltò imbarazzato verso la figlia maggiore. – Lou...

La ragazza lo salutò gelida e si diresse verso il nonno.

Amy la guardò disperata: sapeva che in presenza di Jack suo padre non avrebbe mai potuto chiarire le cose. Pensò freneticamente a un modo per allontanarlo, ma in quell'istante lui tese la mano e disse: – Addio, Tim. Grazie per essere venuto, davvero.

Suo padre fece qualche passo verso di lui per ricambiare il saluto. – Grazie per avermi permesso di venire qui, Jack –. Poi si voltò verso Amy, che aveva appena detto addio alla tanto sospirata riconciliazione fra lui e la sorella. – Arrivederci, tesoro, – la abbracciò affettuosamente. – Prometti di venire a trovarmi presto.

– Lo prometto, – rispose lei con le lacrime agli occhi. Dopo tutto il tempo passato sperando di non doverlo vedere, adesso non voleva piú che se ne andasse, o almeno non con tutte quelle cose irrisolte. – Ti telefonerò e ti scriverò delle mail!

Tim la baciò sui capelli. – Brava, piccola. Voglio proprio sapere come va a finire con la nonna di Jo.

– La nonna di Jo? – fece eco Jack.

– Sí, viene piú tardi. Se riesco a dimostrarle che Piuma non è pericoloso, – e lanciò un'occhiata di traverso alla sorella, che distolse subito lo sguardo, – mi aiuterà a convincere la signora Newhart a permettere a Jo di tenerlo –. E aggiunse, vedendo l'espressione stupita del nonno: – So che non sarà facile, ma devo provarci.

– Spero proprio che funzioni, – disse Tim, e

dopo averla abbracciata di nuovo si voltò verso Lou.

– Lou, – disse allargando le braccia.

Lou strinse la mascella e per un attimo sembrò che volesse ignorare il suo invito, ma alla fine gli si avvicinò in fretta, lo abbracciò un po' rigidamente e gli augurò buon viaggio in un tono freddo e garbato.

Amy notò il suo sguardo triste e tracce di lacrime sulle guance, e pensò disperatamente: «Digli che ti mancherà, Lou. Diglielo!» Poi si avvicinò al nonno, mentre Tim entrava in macchina e metteva in moto.

– Ciao! – salutò abbassando il finestrino. – Ci sentiamo presto.

– Ciao, papà, – rispose Amy con un nodo alla gola, vedendo il suo sguardo triste.

Quando la vettura partí ci fu un attimo di silenzio, poi Lou si voltò e corse verso casa.

Amy fece per seguirla, ma il nonno la fermò. – Lou ha qualche problema da risolvere, Amy. Deve stare un po' da sola.

– Ma non la capisco, – ribatté frustrata. – Non gli ha detto che gli mancherà, e non l'ha praticamente abbracciato.

– Ho visto. Magari la prossima volta che viene le cose saranno piú facili.

«La prossima volta, – pensò Amy avviandosi verso casa. – Ma io non voglio aspettare fino alla prossima volta. Chissà quando sarà...»

Diede un calcio a un sasso e, per dimenticare la tristezza, decise di dare un'ultima spazzolata a Piuma prima che arrivasse la nonna di Jo.

Poco prima delle quattro si fermò in cortile un minivan azzurro guidato da una signora dai capelli bianchi. Prima che scendesse Amy le si avvicinò, con lo stomaco in subbuglio. Come si sarebbe comportata? Se dal giorno dell'incidente non venivano piú neppure nominati i cavalli in sua presenza, come avrebbe potuto essere utile? «Forse ho commesso un grosso errore facendola venire a Heartland» si disse.

Quando si aprí la portiera e si presentò, l'anziana signora le rispose con un tremolio nella voce e le strinse la mano. Doveva avere solo qualche anno piú del nonno, ma sembrava molto piú vecchia.

– Puoi aiutarmi a tirare fuori la sedia a rotelle? – le chiese la donna in un sussurro.

– Ma certo –. Amy corse ad aprire il bagagliaio, appositamente attrezzato per alloggiare la sedia a rotelle.

– Grazie, – disse la signora Butler guardandosi intorno come un animale braccato.

Amy si sentí male. Era stata veramente una pessima idea, la sua. La signora non avrebbe mai potuto aiutarla. Proprio in quell'istante si aprí la porta di casa e ne uscí Lou, che si diresse verso di loro e si presentò.

Per un terribile istante Amy si chiese se si sarebbe lanciata in un accorato discorso sulla pericolosità dei cavalli, e in particolare di Piuma, e invece la vide sorridere prima di chiedere: – Vuole dare un'occhiata in giro?

Dopo un istante di esitazione, la signora Butler respirò a fondo e sussurrò: – Grazie, sarebbe carino.

Guardando Lou che spingeva la carrozzella, Amy non poté fare a meno di notare che aveva gli occhi rossi. Aveva pianto? Di certo non poteva chiederglielo in quel momento. Mentre accompagnava l'anziana signora verso i paddock e la scuderia e le raccontava la storia di ogni cavallo che incontravano, Amy la seguí, chiedendosi per quale motivo aveva deciso di aiutarla.

Quando notò che la signora Butler si era visibilmente calmata, si rilassò anche lei e smise di preoccuparsi.

– Questo è Red, questa è Rosie... e questo è Jake, – continuò Lou. Mentre Red e Rosie si allontanarono, spaventati dalla sedia a rotelle, Jake abbassò la testa e annusò i capelli della signora.

– Jake! Che modi! – Amy corse subito per spingerlo indietro.

– Va... va bene, – disse lei, – non c'è problema –. Frugò nelle tasche del giaccone e tirò fuori una mentina. – Tieni, bello, – mormorò porgendogliela con la mano tremante. – Penso che stessi cercando questa.

Jake, goloso come sempre, prese delicatamente la mentina mentre la signora Butler lo fissava come impietrita. Quando il grosso baio, masticando felice, allungò il muso verso di lei, gli strofinò il naso e disse a voce bassa, quasi in un soffio: – Trent'anni –. Poi si voltò verso le due sorelle. – È la prima volta che tocco un cavallo, dopo trent'anni.

A quella rivelazione anche Lou restò senza parole.

– Penso che sappiate del mio incidente, – riprese la donna.

Amy e Lou annuirono.

– E sapete anche che ho lasciato che vendessero i miei cavalli, i miei quattro bei cavalli?

Colpita da quella parola, «lasciato», Amy aggrottò la fronte: – Ma io pensavo che fosse stata lei a volerli vendere.

La signora Butler scosse i capelli color argento. – Sapevo che qualsiasi cavallo avrebbe ricordato a mio marito e a mia figlia quello che non avevano piú: una vita normale, una moglie e una madre sana.

– E cosí li ha venduti tutti? – chiese Lou.

– Sí, mi sono liberata di tutto quello che aveva a che fare con i cavalli: abbiamo trasformato i box in garage, buttato via i trofei e le fotografie, e perfino bruciato i pantaloni da equitazione.

Amy la guardò sbalordita; se solo avesse saputo tutto questo, non l'avrebbe mai chiamata a Heartland.

Lou invece sembrò incuriosita. – Allora perché ha accettato di venire qui oggi?

– Non lo so. Forse perché ne sentivo il bisogno. Mio marito è morto l'anno scorso e da allora mi sono chiesta se quello che ho fatto sia stato o meno un errore –. Allungò di nuovo la mano per toccare il muso di Jake. – E adesso lo so. Vedere, annusare, toccare questi cavalli. Come ho potuto tagliare fuori dalla mia vita tutte queste sensazioni? Ho commesso un grosso errore. Un terribile errore, – aggiunse con voce rotta dalla commozione. – Per trent'anni mi sono negata qualcosa che avrebbe potuto rendermi felice. Quanto sono stata stupida.

Amy si voltò verso Lou, che sembrava pensierosa.

La signora scosse la testa. – Non voglio che Jo-Ann soffra allo stesso modo. Allora, dov'è il pony? Voglio vederlo.

Senza dire una parola, Lou spinse la carrozzella lungo il corridoio della scuderia e si fermò davanti al box di Piuma.

– Quindi sei stato tu a causare tutti questi problemi? Un tipo cosí bello!

– Nonna! – Jo-Ann entrò senza fiato nella scuderia.

– Che ci fai qui? – le chiese Amy.

– Lo so che non posso montare Piuma, – si affrettò a precisare la ragazzina, – ma volevo vedere la nonna, per dirle quanto è fantastico il mio pony. Ho lasciato un biglietto alla mamma per dirle che venivo qui a riprendere la giacca e che sarei tornata presto. Nonna –. Si fermò vicino alla sedia a rotelle. – Devi aiutarmi. Piuma non è pericoloso –. Vide che gli dava una pacca sul collo ed esclamò: – Ma non hai paura di lui?

– Tesoro, non ho mai avuto paura di un cavallo in vita mia, – rispose la donna con un sorriso. – Mi sono solo tenuta alla larga da loro. Adesso però sto cominciando a capire quanto ho perso –. Prese la mano alla nipote –. E non voglio che anche tu soffra la loro mancanza allo stesso modo. Fammi vedere come lo monti e, se è sicuro come dice Amy, farò tutto quello che posso per convincere tua madre a tenerlo.

– Oh, nonna, grazie! – esclamò Jo senza fiato, poi aggiunse preoccupata: – Ma la mamma mi ha detto di non montarlo.

– Non ti preoccupare, mi prendo io la responsabilità, – rispose lei.

Dopo una decina di minuti, Piuma era pronto. Amy si avvicinò alla ragazzina e le porse una bottiglietta marrone. – Adesso, prima di andare, metti qualche goccia di questo sotto la lingua.

– Cos'è? Agrimonio... A cosa serve?

– È un rimedio dei Fiori di Bach per allentare la tensione. Ti aiuterà a rilassarti, – spiegò Amy.

Le due ragazze si avviarono verso il tondino, dove Lou e la signora Butler erano già in attesa vicino al cancello.

– Devi solo stare tranquilla, – raccomandò ancora Amy a Jo prima che montasse in sella.

– Certo, – promise lei.

Amy non avrebbe saputo dire se fosse per via delle gocce, del sostegno morale della nonna o del fatto che ormai conosceva il motivo del comportamento del pony, ma la ragazzina cavalcò perfettamente rilassata e Piuma si comportò in maniera fantastica.

– Hai visto, nonna! – esclamò trionfante Jo portandolo vicino al cancello. – Non è perfetto?

– Sí, – rispose semplicemente la nonna, e voltandosi verso Amy disse: – Lo sai, sei una ragazza veramente incredibile. Sei riuscita a capire cosa succedeva a questo pony e sei arrivata persino a telefonarmi. Grazie.

– Allora, nonna, provi a convincere la mamma a lasciarmelo tenere? – chiese Jo.

La signora Butler annuí. – Sicuramente –. Aveva perso l'espressione contratta di prima e aveva le guance rosate. – E le dirò che ho intenzione di ricominciare anch'io –. Sorrise. – Ho settant'anni, e ho ancora qualche anno davanti: voglio rifarmi del tempo perduto!

La ragazzina esclamò, illuminandosi in viso: – Ma nonna, è fantastico! Potremo cavalcare insieme! – Poi diede una pacca sul collo di Piuma. – Oh, Piuma, hai sentito? Non è una bella notizia?

– Jo-Ann! – Sentendo un richiamo fra l'urlo e il pianto, si voltarono tutte contemporaneamente: la signora Newhart stava correndo lungo la stradina e fissava con aria sconvolta Piuma e la figlia.

– Cosa diavolo credi di fare qui, Jo? – gridò avvicinandosi, terrea in volto. – Ho visto il tuo biglietto e ho sospettato che avresti fatto una cosa del genere. Grazie al cielo sono arrivata in tempo: scendi subito da quel pony!

– Donna, smettila!

La signora Newhart si bloccò e, d'improvviso, si accorse dell'anziana signora in carrozzella, seminascosta fra Lou e Amy. – Mamma! – esclamò attonita. – Che ci fai qui?

– Sono qui perché Amy mi ha telefonato e mi ha raccontato del pony di Jo –. Si voltò verso la nipote e disse: – È meglio che smonti un momento, mentre spiego a tua madre come stanno le cose –. La ragazzina scese di sella e la nonna proseguí, scuotendo la testa: – Perché non mi hai raccontato quel che stava succedendo, Donna?

La signora Newhart fece correre lo sguardo dalla madre alla figlia, indecisa su chi affrontare per prima.

– Avresti dovuto dirmi di Piuma, – continuò la nonna.

– Non... non volevo agitarti, mamma. So quanto detesti i cavalli.

– Li detesto? Non ho mai odiato niente in vita mia. Ho venduto i cavalli per te e per tuo padre.

– Allora non ti fanno paura?

– No, per niente.

– Ma dopo tutto quello che ti è successo, dopo che il tuo cavallo ti è caduto addosso...

– È stato un incidente, non è stata colpa del cavallo: è successo, e basta –. Sospirò. – So che per te è stato un brutto colpo, ma per favore, non lasciare che influenzi anche la vita di Jo-Ann. Sí, proteggila pure, ma non a spese della sua felicità. Piuma non è un pony pericoloso, l'ho osservato bene. E tra lui e Jo c'è un magnifico legame: lasciaglielo tenere.

La signora Newhart rimase senza parole, finché non fu Lou a rompere il silenzio. – Sua madre ha ragione, signora Newhart. Jo ama montare a cavallo e se cercherà di fermarla le rimarrà sempre un senso di perdita per una cosa che avrebbe potuto essere e non è stata. Sí, ci sono dei rischi, ma ci sono rischi in ogni cosa per cui vale la pena di vivere.

Riconoscendo le parole del padre, Amy si voltò verso di lei ma non riuscí a intercettarne lo sguardo.

La signora Newhart annuí lentamente. – Ha ragione, – sospirò. – So che ha ragione. Ma... – guardò ansiosamente Piuma. – È davvero sicuro? Prima, quando si è impennato...

– Amy può spiegarti perché si è comportato cosí, – disse la signora Butler, e Amy le raccontò come avesse scoperto la chiave del mistero.

– Capisco, – commentò la signora Newhart alla fine. – Era come se stesse cercando di proteggerla, come se dicesse che lei non era contenta?

– Sí, – annuí Amy. – È un pony molto sensibile, e adora Jo.

– Per favore, mamma, posso tenerlo? – esclamò a quel punto la ragazzina.

Con un profondo sospiro, la madre disse: – Va bene, Jo-Ann, non voglio che tu sia infelice. Sí, puoi tenerlo.

– Oh, mamma! – Jo lasciò le redini di Piuma a Amy e corse ad abbracciarla. – Grazie, grazie tante!

Dopo circa mezz'ora le tre donne si prepararono per tornare a casa; Jo, felicissima, si mise a progettare come aiutare la nonna a cavalcare di nuovo.

– Non l'ho mai vista cosí felice, – commentò Amy dopo averla salutata.

– Sono proprio contenta per lei, – disse Lou, – e anche per Piuma –. Poi si appoggiò alla staccionata con un sospiro.

– Che succede? – le chiese la sorella avvicinandosi.

– Questa mattina mi hanno dato una notizia, – disse alzando lo sguardo verso il paddock, dove gli ultimi raggi di sole illuminavano Dancer e Solo intenti a pascolare. – Volevo trovare il momento giusto per dirtelo: non avremo il terreno.

– No? – rispose Amy aggrottando la fronte. – Allora l'hanno comprato quelli di Green Briar?

– No, non preoccuparti: hanno deciso di non vendere piú, – aggiunse in fretta la sorella.

– Di non vendere? Vuoi dire che hanno lasciato perdere?

– Sí, pensano di ampliare la fattoria e quindi gli serve.

– Oh, Lou! – Amy le strinse un braccio per confortarla. – Mi spiace. So quanto voleva dire per te.

Lou fissò per un istante i cavalli, poi ammise: – Sí, in effetti ci tenevo. Ma ci sto pensando da dopo pranzo, e ho concluso che forse è meglio cosí. A essere onesti, forse lo desideravo tanto non perché fosse l'ideale per Heartland, ma perché speravo che mi avrebbe fatta sentire piú importante. Sarebbe stato il mio progetto, qualcosa su cui lavorare e da far crescere –. Lanciò uno sguardo a Amy. – Tutti avete il vostro ruolo qui, tranne me.

– Ma cosa dici! – esclamò lei stupita. – Senza

di te non potremmo assolutamente gestire la parte amministrativa!

– Sí, che potreste, – ribatté con tristezza Lou. – Potreste benissimo pagare un amministratore.

– Ma un estraneo non avrebbe le idee che hai tu. Non abbiamo bisogno di te solo per la parte amministrativa. Tu sei brava a parlare alla gente, molto piú di me, e di tutti noi. Sei stata tu a persuadere la signora Newhart a lasciar venire Piuma a Heartland, e oggi pomeriggio sei stata tu a mettere a suo agio la signora Butler e a spiegare alla mamma di Jo perché doveva tenere il pony.

Lou la guardò stupita: – Dici davvero?

– Sí, – esclamò Amy. Poi non riuscí a trattenere la domanda che aveva da tempo sulle labbra: – Però non capisco perché sei venuta a darmi una mano con la signora Butler quando è arrivata. Se non sbaglio stamattina eri convinta che Piuma fosse pericoloso.

– Sí, – esitò lei, – ma... ma a pranzo, parlando con Scott, ho capito che avevo esagerato quando ho fatto quella scenata a papà perché ti aveva lasciata montare il pony. Non te l'avrebbe lasciato fare, se fosse stato pericoloso.

– Ma allora perché non lo hai detto a papà, prima che partisse? – ribatté Amy con la fronte aggrottata, rivedendo lo sguardo triste del padre. – Era davvero sconvolto! Lou, – riprese, di fronte al suo silenzio, – avresti dovuto dirgli qualcosa. Avresti dovuto parlargli. Non voleva lasciare le cose in sospeso cosí, fra di voi. Voleva ripianare la discussione: lui...

Vedendola scoppiare in lacrime si bloccò prima di dire: *ti vuole bene*.

– Avrei voluto. Lo so che avrei dovuto farlo, ma ero troppo arrabbiata con lui, e non ci sono riuscita!

– Arrabbiata? E perché?

– Perché? Non immagini il perché? Per tutta la settimana siete stati sempre insieme, tu e papà, a fare questo e quest'altro. E io?

– Ma anche tu avresti potuto fare delle cose con lui, e non hai voluto. Hai continuato a chiuderti in casa a lavorare, – ribatté Amy.

– Sarebbe potuto venire dentro con me.

– Ma continuavi a dire che eri troppo occupata! Lou, non puoi accusarlo perché non ti ha voluto disturbare dopo che gli avevi detto che dovevi lavorare! Non è giusto!

– Sí, lo so –. Lou abbassò la testa e aggiunse, piano: – Mi dispiace. Non è stata colpa tua, o di papà: è stata colpa mia. È che mi ero fatta delle fantasie su questo evento straordinario, la visita di papà. Capisci, tipo correre lungo la strada, gettargli le braccia al collo, tutte quelle cose sdolcinate che si vedono nei film. Ma non è andata cosí: papà è cambiato tantissimo.

Amy esitò un istante, poi chiese con cautela: – Sei sicura che sia stato papà a cambiare, e non tu? – Si interruppe un istante, cercando un modo per non ferirla. – Dopo tutto, non cavalcare piú è una gran differenza.

– Non è che non mi piacciano piú i cavalli. È solo... è solo che...

Amy avrebbe voluto finire la frase, ma qualcosa le diceva che doveva aspettare le parole della sorella. Quindi disse solo: – Che...?

– Mi fanno paura, – sussurrò Lou in un fiato, alzando gli occhi su di lei. – Papà aveva ragione: ho paura. Non è che abbia paura di avvicinarli, ma di salirci sí. Tutte le volte che penso di montare a cavallo mi si ripresenta l'immagine di papà e Pegasus che cadono –. Continuò fra i singhiozzi: – Io c'ero quella sera, ho visto l'incidente e non l'ho mai dimenticato. Ecco perché ho evitato papà: lui lo sapeva, e io non riuscivo ad ammetterlo. Lui, che è sempre stato cosí coraggioso: non potevo sopportare il pensiero che mi giudicasse una paurosa, una vigliacca.

Amy le accarezzò la schiena e mormorò: – Va tutto bene, Lou. Andrà tutto bene.

La sorella alzò gli occhi colmi di lacrime. – Ma come? Non si può cambiare il passato.

– No, ma possiamo andare avanti. Ricorda cosa ha detto papà. Non puoi lasciarti rovinare la vita da quello che è successo. E se non affronti le tue paure, è proprio quello che succederà. Non puoi tagliare fuori i cavalli dalla tua esistenza, visto che li amavi cosí tanto. Hai visto quanto li rimpiange la nonna di Jo.

– Sí, lo so, – sussurrò Lou, – ma non posso salire su un cavallo. Proprio non posso.

Amy cercò di radunare in fretta i pensieri. «Se si trattasse di un cavallo spaventato, cosa dovrei fare? Naturalmente procedere con calma, un passo alla volta».

– Senti, non devi riprendere subito a montare. Comincia a lavorare con un cavallo stando a terra –. E aggiunse, folgorata da un'intuizione: – Il Join-up, Lou. Prova con il Join-up.

– No, non può funzionare...

– Sí, invece, – insisté Amy. – Prova adesso, che non è ancora troppo buio.

– Adesso?

– Sí, con Sugarfoot.

Una decina di minuti dopo Lou si ritrovò, riluttante, al centro del tondino con Amy. – Non sono sicura di voler fare questa cosa, – disse.

– Andrà tutto bene, – ribatté la sorella, sperando di trasmetterle un po' della sua sicurezza. Poi sganciò la corda lunga e diede una pacca sulla schiena del piccolo pony delle Shetland. – Non ha mai fatto il Join-up con nessuno, ma sono sicura che sarà perfetto.

Sugarfoot si mosse con calma, stupito di trovarsi nel tondino, con il muso basso e la lunga criniera fluttuante.

– Ricordati, tieni le spalle ad angolo retto rispetto a lui e guardalo negli occhi, – si raccomandò Amy, allontanandosi verso il cancello.

– Non rimani qui con me? – chiese Lou con ansia.

– Se rimango lí sarà peggio. Devi concentrarti solo su Sugarfoot e ascoltare i segnali che ti dà, per poi rispondere.

Mentre le ombre degli alberi si allungavano e un uccello cominciava il suo canto serale, Amy andò ad appoggiarsi dietro al cancello, imponendosi di non gridare altre istruzioni a Lou, che al centro del tondino si stava passando la longhina da una mano all'altra.

Finalmente la sorella lanciò un capo della fune in direzione del pony, che la guardò sorpreso e trottò per qualche metro prima di fermarsi ad annusare il terreno. Quando Lou fece schioccare la lingua e gli lanciò la fune verso il posteriore, si voltò a guardarla.

Amy si mise a sussurrare fra i denti, aggrappata al cancello: – Gli occhi, Lou. Gli occhi!

Come se l'avesse sentita, Lou guardò Sugarfoot e si mise con le spalle di traverso rispetto a lui, poi gli lanciò un capo della fune contro il posteriore; questa volta il pony ruppe al trotto, poi al piccolo galoppo.

Sempre piú sicura di sé, la ragazza lo fece lavorare ancora per un po', comunicandogli di invertire la direzione e di cambiare passo.

«Ci siamo!» disse fra sé Amy, quando vide che il pony iniziava a masticare e a leccarsi l'interno della bocca, per poi abbassare la testa. Guardò la sorella che, totalmente concentrata, gli girava le spalle e abbassava lo sguardo mentre Sugarfoot, dopo essersi fermato un istante, si dirigeva senza esitazione verso di lei e le toccava la spalla con il muso, sbuffando piano.

– Brava, Lou! – sussurrò Amy, e sorrise vedendo che la sorella si voltava e gli strofinava la fronte, proprio come avrebbe fatto lei.

Poi Lou si mise a camminare per il tondino, con il pony che la seguiva come un'ombra. Quando infine si fermò, Amy gridò dal cancello, incapace di contenere la sua gioia: – Lou! Lo hai fatto!

La sorella si illuminò in volto. – L'ho fatto! L'ho fatto davvero! – esultò, mentre Amy scavalcava il recinto e correva ad abbracciarla. – Oh, Amy, è stata la cosa piú fantastica e meravigliosa che abbia mai provato! – esclamò Lou con gli occhi scintillanti.

– Lo so, – rise lei.

Come se tutte le tensioni e l'infelicità fossero state spazzate via, Lou continuò, con la voce rotta dall'emozione: – È stato magico! La sensazione che ho avuto quando è venuto verso di me. Come una scossa elettrica. Di colpo mi sono sentita come se...

– ... Potessi parlare il suo linguaggio, – completò Amy.

Lou annuí. – Sí, esattamente cosí! – Si passò una mano fra i capelli. – Sento quasi che potrei montare a cavallo, adesso.

– Magari domani, – disse Amy, sapendo quanto era importante procedere un passo alla volta.

Lou annuí. – Sí, hai ragione –. Diede una pacca a Sugarfoot e con un'espressione estasiata aggiunse: – Ehi, non penso di riuscire a tornare sulla terra!

– Perché? – Una voce maschile spuntò dal crepuscolo.

– Papà! – esclamarono entrambe, vedendo comparire Tim vicino al tondino.

– Non potevo partire lasciando le cose in sospeso, – disse entrando. – Stavo andando all'aeroporto quando ho deciso di fermarmi, ho telefonato e Jack mi ha detto dov'eravate.

– Allora hai visto Lou che faceva il Join-up? – chiese Amy concitata.

– Certo. Ho visto tutto, – sorrise il padre.

– Avevi ragione, papà: avevo paura, – ammise Lou.

– E adesso? – le chiese, fissandola in volto.

– Non piú cosí tanta. E forse, – aggiunse dopo un respiro profondo, – forse quando tornerai la prossima volta non ne avrò affatto.

– Lou, sono cosí orgoglioso di te, – le disse teneramente. – So quanto sia difficile affrontare le proprie paure. È perché avevo tanta paura di rivedervi che ho continuato a rimandare. Ed è stato solo grazie alla tua tenacia che ci siamo ritrovati. Ho perso dodici anni della vostra vita, ma avrebbero potuto essere molti di piú se fosse stato per me.

Lou lo guardò imbarazzata. – Avrei solo voluto passare un po' piú di tempo con te, questa settimana.

– Non preoccuparti, lo so che è stata dura. Eravamo tutti in difficoltà. Quando ti ho vista non sapevo cosa dire: la mia bambina diventata una giovane donna di successo, sicura di sé, con una carriera e una vita tutta sua.

– E con la paura dei cavalli, – puntualizzò Lou.

Tim scosse la testa. – Non volevo farti stare male. È che non sopportavo l'idea che perdessi anni e anni lasciandoti bloccare dalla paura; in pratica, facendo quello che avevo fatto io. Volevo solo che tu fossi felice: è quello che ho sempre voluto per voi due –. Le guardò entrambe. – So che non posso cancellare il dolore che vi ho causato in passato, ma voglio che sappiate che se avete bisogno di me, io ci sono. In qualunque momento. So che dopo tutto quello che vi ho fatto non ho piú il diritto di farmi chiamare papà, ma vorrei davvero, mi piacerebbe... – fece una pausa. – Che potessimo essere almeno amici.

– Sarai sempre piú che un amico, per noi, – disse Amy avvicinandosi per abbracciarlo, imitata da Lou.

– Amy ha ragione. Tu sei il nostro papà, e niente può cambiare questo fatto.

Tim le strinse a sé, emozionato, e sussurrò: – Le mie figliole. Le mie magnifiche figliole.

Si abbracciarono a lungo, poi Lou si scostò e disse: – C'è qualcos'altro che ti devo dire. Si tratta del terreno. Non l'abbiamo comprato. Non avremo un maneggio.

– Oh, Lou, mi spiace. So quanto ci tenevi!

– Va bene cosí. Forse il motivo per cui lo volevo era sbagliato. Penso che fosse solo per sentirmi importante –. Diede un'occhiata alla sorella. – Ma Amy mi ha fatto capire che sono già importante, qui a Heartland, che ne faccio anch'io parte. E se ci serve un metodo per raggranellare qualche soldo, allora, – ridacchiò, – le idee non mi mancano mai.

– Questa è la Lou che conosco. E la prossima volta che ci vediamo voglio sapere tutto dei vostri progetti. Ma adesso devo andare, o perderò l'aereo. Ci vediamo presto.

Lou sorrise fra le lacrime. – Non penserai mica che dopo tutto quello che ho fatto per rintracciarti ti lascerei perdere?

– Dovrai andare ben piú lontano dell'Australia, se vuoi scappare da Lou! – aggiunse Amy con un sorriso.

– Diavolo! – esclamò Tim con una smorfia. – E pensare che mi credevo al sicuro, laggiú! – Poi sorrise a Amy. – Tu non la smetterai di rischiare, vero?

– Non c'è pericolo! – commentò Lou ironica.

– E la prossima volta che ci vediamo, magari ce ne andiamo tutti e tre a fare una passeggiata a cavallo.

Lou sorrise. – È la cosa che desidero di piú al mondo.

Amy alzò lo sguardo su di lei e di colpo rivide l'espressione felice che aveva nella vecchia foto a cavallo sul pony. Sembrava una persona completamente diversa da quella che aveva consolato nella scuderia, poco prima.

– Adesso devo proprio andare. E ricordati, Lou: tu sei necessaria, e appartieni a Heartland, insieme a me e a Amy.

Le baciò entrambe sulla fronte, diede una pacca a Piuma e scomparve nel buio che ormai era calato sulla fattoria.

– Che tardi, – disse dolcemente Lou. – È meglio che rientriamo.

Sugarfoot sbuffò, e alzando una mano per accarezzarlo Amy incrociò lo sguardo della sorella, che stava per compiere lo stesso gesto.

– Lo sai, penso che adesso siamo di nuovo una famiglia, Amy. Una vera famiglia, – concluse Lou con un sorriso, passando la mano lungo il collo di Sugarfoot.

Indice

Passi importanti

Heartland

Finito di stampare nel mese di marzo 2011
per conto delle Edizioni EL
presso LEGO S.p.A., Vicenza